É tudo mentira

FERNANDO VAZ

Ilustrações

ROGÉRIO BORGES

É tudo mentira

Coleção Jabuti Vida

4ª edição

Conforme a nova ortografia

Editora Saraiva

Editor: ROGÉRIO GASTALDO
Assistentes editoriais: ELAINE CRISTINA DEL NERO
NAIR HITOMI KAYO
Secretária editorial: ROSILAINE REIS DA SILVA
Suplemento de trabalho: DILETA A. D. FRANKLIN
DE MATOS
Preparação de originais: SANDRA BRAZIL
Supervisão de revisão: LIVIA MARIA GIORGIO
Gerência de arte: NAIR DE MEDEIROS BARBOSA
Assistente de arte: MAURO MOREIRA
Projeto gráfico e diagramação: HAMILTON OLIVIERI JR.
Impressão e acabamento: Bartira

Dados Internacionais de Catalogação na Publicação (CIP)

Vaz, Fernando
É tudo mentira / Fernando Vaz ; ilustrações de Rogério Borges. — 4. ed. — São Paulo : Saraiva, 2009. — (Jabuti)

ISBN 978-85-02-03062-6

1. Literatura infantojuvenil I. Borges, Rogério, 1951. II. Título. III. Série.

CDD-028.5

Índices para catálogo sistemático:

1. Literatura infantojuvenil 028.5
2. Literatura juvenil 028.5

10ª tiragem, 2023

Editora Saraiva

Direitos desta edição cedidos à

Somos Sistemas de Ensino S.A.
Av. Paulista, 901
Bela Vista – São Paulo – SP – CEP 01311-100
Tel.: (0xx11) 4003-3061

Conheça o nosso portal de literatura Coletivo Leitor:
www.coletivoleitor.com.br

CL: 810052
CAE: 571348

Parte I

O Inaceitável da Verdade

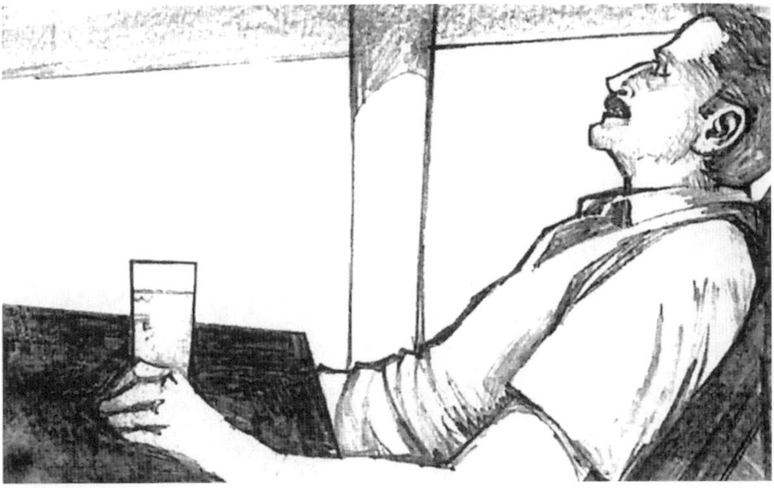

Capítulo 1

La Luna en sangre y tu emoción

Estranha essa vontade de ser pedra ou pó. Ao me deitar, sinto as mesmas dores, na barriga da perna, nas coxas e nos quadris. Nem banho morno alivia; teimosos, os músculos não relaxam.

Fecho os olhos. Parece que pairo sobre as pessoas, entre gôndolas, prateleiras e nuvens, correndo, esclarecendo dúvidas, levando troco para os caixas, buscando códigos de mercadorias.

De repente, o susto, a impressão de estar caindo, rápido, muito rápido. O frio na barriga, a corrente gelada subindo da espinha ao cérebro. Antes de me espatifar no chão, sinto a cama estreita. Respiro aliviada e o rosto enorme de meu pai preenche o escuro do quarto. Seus olhos tristes, seu sorriso com aquele ar que minha mãe chamava de cínico. Vejo o bigode grisalho, o movimento da boca tentando falar algo que não consigo ouvir, pois a faixa de luz sob a porta me desperta.

Rolo na cama. A meu lado, Luciana dorme tranquila, respira leve e em silêncio, como se tivesse medo de incomodar. Lembro o dia em que nos encontramos. Desespero e incerteza, caminhos sem volta, estradas sem fim. Meiga, me pegou a mão e disse que não via motivos para pânico.

Sinto o aperto na garganta, vontade de chorar. E o fantasma de meu pai toma conta de mim, do quarto e do mundo.

1. Ensimesmada

Sou invadida por muitas imagens de meu pai. Todas tristes. Aquele homem alegre que chegava em casa no fim da tarde, tomava banho e, durante o jantar, falava de negócios e dinheiro, de política e trabalho, da correria e do cansaço, era melancólico.

— Se as coisas continuarem assim, Marta, vamos nos mudar para a Quinta da Boa Vista.

— Pra quê? Estamos bem aqui.

— Mas se a gente se mudasse seria melhor, não seria?
— Bem... — resmungava minha mãe, o olhar perdido na paisagem que se desenhava na janela, para depois explicar:
— Sabe, Jorge, eu gostaria de ver mato ou campo, em vez de cimento e aço: sinto falta da natureza.

— Eu também. E para as crianças seria ótimo.

— Claro, mais saudável.

— Questão de tempo, Marta. Se as coisas continuarem assim...

Então, minha mãe fazia o café. Eles ficavam conversando, a televisão falava para as paredes. Eu ia para o meu quarto brincar com Peralta, minha antiga e querida boneca de porcelana e pano, com a qual só deixei de dormir abraçada aos 13 anos.

Às vezes, Jorginho entrava e me provocava. Discussão. Meu pai vinha e dizia que, como irmãos, não devíamos brigar.

— Mas ele não dá sossego, pai.

— É verdade, Jorginho?

— Ela que é chata. Que que tem eu brincar aqui?

— São brincadeiras de menina — eu me defendia.

Meu pai ria, explicava que não fazia sentido essa história de menino e menina, lé com lé, cré com cré, faca sem ponta, galinha sem pé.

— Mas o Jorginho não sabe brincar, desarruma as coisas, quer fazer minhas bonecas lutarem.

Meu pai ria, mostrando os dentes brancos; coçava o bigode, olhava para meu irmão e dizia que brincadeira tem limite. Luta de bonecas! Onde já se viu?

2. Os patins

Nas manhãs de sábado, Jorginho e eu saíamos com meu pai para as compras. Minha mãe ficava, para — usando suas próprias palavras — fazer a "faxina fina".

Naquele dia, ele nos levou a uma bicicletaria, que fazia uma promoção de patins. Disse para escolhermos um par para cada um. Desajeitado, Jorginho foi tomado pelo alvoroço: tropeçava nas coisas, fazia o vendedor mostrar todos os modelos, perguntava das vantagens e desvantagens de cada um deles. Indecisa, sem saber se queria ou não os patins, eu prestava atenção nas sugestões do vendedor.

Um par bonito e brilhante, azul e vermelho, me encantou. Meu pai quis saber se era mesmo aquele que eu queria, pois o vendedor sugeria outro, melhor, mais durável — e mais caro.

— Gostei deste.

— Ele é lento e pesado. Se você quiser dar um salto...

— Antes preciso aprender a patinar.

— Se comprar este, hoje à tarde já está patinando. Com o outro...

— Sabe, nem sei se gosto de patins. Prefiro o mais barato.

— E você, Jorginho? — perguntou meu pai.

— O incrementado.

— Já vi que você vai ser um *expert* — falou o vendedor.

No automóvel, meu pai reclamou:

— Puxa, Sandra, parece que você nem está ligando para os patins...

— Claro que estou, pá. É que não faço questão do modelo — desconversei.

À tarde, no pátio do prédio, meu pai se desdobrava em paciência para nos ensinar a patinar. Tempos depois, entendi o problema: ele não sabia patinar, então suas instruções não tinham fundamento. Ainda assim, antes do anoitecer, eu já deslizava com segurança. Jorginho, desajeitado e inseguro, trombava nas coisas.

Na manhã de domingo, acordei antes de todos. Troquei-me, peguei os patins e fui ao pátio. Depois das dez, meus pais deram por minha falta; me encontraram escorrendo de suor, de tanto patinar.

— Desde que horas está aqui? — perguntou minha mãe.

— Não sei, faz tempo: levantei e vim.

— Então venha tomar café. Você não pode ficar todo esse tempo de estômago vazio.

Comi e voltei. Jorginho me acompanhou. Até minha mãe chamar para o almoço, patinamos numa boa, sem briga. À mesa, meu pai comentou, irônico:

— Hoje, vocês dois até parecem irmãos!

Depois do almoço, ao me ver pegar os patins, meu pai perguntou onde eu pensava que ia.

— Patinar, uai. Ou não pode?

— Então eu também vou — gritou Jorginho.

Segunda-feira, acordei com fortes dores na barriga das pernas e nas coxas. Não as relacionei aos patins.

3. *As tardes de meu pai*

Ao entardecer dos sábados, meu pai punha um disco na vitrola, pegava uma cerveja gelada e se sentava no alpendre. Apesar dos prédios, árvores, casas e nuvens à sua frente, olhava o nada, ouvindo aquelas músicas de que tanto Jorginho e eu reclamávamos. Minha mãe também, mas, para não desautorizar ou não magoar, fingia-se indiferente. Se a gente quisesse usar o som ou abaixar o volume para assistir à televisão, meu pai se levantava e, calmamente, dizia:

— Ah, não! Ninguém vai acabar com meu sossego: nesta casa, as tardes de sábado são minhas.

Minha mãe lhe dava razão e, nos afastando dali, dizia para o deixarmos em paz: precisava descansar, tinha trabalhado a semana inteira. Longe dele, eu reclamava:

— Mas, mãe, olha as músicas que ele escuta!

— Pois é, gosto não se discute. Se ele gosta...

Então, sem dar conta de meus passos, acabava me aproximando de meu pai. Ficava a seu lado, olhando seus discos. Não sei que mistério exalava daquelas velhas capas de papelão com homens de chapéu e mulheres em vestidos longos e maquiagem pesada. Ele punha cerveja no copo e fazia movimentos com a cabeça e com as pernas, no ritmo daqueles tangos fanhosos. Só parava na hora de se deitar.

Uma vez, uma vizinha comentou que meu pai devia ser muito triste. Minha mãe respondeu que não; ele era assim, gostava de tango.

— Mas isso dói na alma, Marta.

— Ele diz que é tudo mentira, que é tudo representação.

— Ah, mas tem mentira mais alegre.

Naquele sábado, não saímos para as compras, minha mãe não fez a faxina fina e se atrapalhou com o almoço. Meu pai não cabia em si de alegre; irrequieto, apertava Jorginho, me beijava, falando que tinha a mais absoluta certeza de que faria o negócio.

Passava das três horas, comíamos o almoço improvisado, a campainha tocou. Meu pai deu um pulo da cadeira e falou:

— São eles, Marta. Você já sabe, vamos bater duro no preço.

Mostrou o apartamento a dois homens, elogiando os armários embutidos, se vangloriando da cozinha e da área de serviço.

— Um apartamento deste vale mais do que um igual na planta. Só os complementos...

— É, mas o pessoal prefere novo.

— Não vejo motivo. Pagam mais e vão ter de fazer tudo o que este já tem.

— Sim, mas o mercado...

— Bem, vou deixar claro: não negocio o preço. Não quero um tostão a mais e não tiro um centavo — explicou, em tom firme.

Os dois homens se entreolharam; um deles disse que meu pai era duro na queda. O outro completou que, para não perder o cliente, convinha aceitar. O primeiro retrucou que estavam jogando dinheiro fora. Se meu pai abatesse o valor da corretagem...

— Fui claro: não negocio o preço.

Os dois, então, ficaram em silêncio, se entreolhando. De repente, um deles disse que, para não perder o amigo e ganhar o cliente, concordava com o preço. O outro esbravejou: no futuro, não lhe cobrasse a decisão.

— Assumo a responsabilidade. — E se voltando para o meu pai: — Está fechado, aceitamos o apartamento. Podemos assinar o compromisso?

— Claro — concordou meu pai.

Depois que os dois homens se foram, meu pai abraçou minha mãe, apertou Jorginho e me beijou. Disse que durante a semana a gente se mudaria. Dali a pouco, pegava seus discos e punha as músicas tristes.

Falei à minha mãe que não entendia meu pai: se ele estava contente, por que encher a casa com a tristeza daqueles tangos?

— Gosto não se discute, Sandra.

— Mas se lamenta — gritou meu pai, alegre, enchendo o copo de cerveja.

O Sol já tinha desaparecido, uns poucos raios avermelhavam a boca aberta da noite, cuja garganta começava a engolir

a cidade. Batendo os dedos no copo, meu pai acompanhava a música. De repente, olhou para mim e perguntou se entendia o que a mulher de vozinha fina cantava.

— Claro que não, né, pai!

— Escuta, presta atenção. É muito parecido com português.

Prestei atenção e não entendi nada.

Ele se levantou, pegou o braço da vitrola, pôs no começo da música e disse que ia me ensinar espanhol. Cantou junto e eu entendi:

Después...
la luna en sangre y tu emoción,
y el anticipo del final
en um oscuro nubarrón.

Daí, voltou a música e falou para eu cantar também. Mas não deu tempo, minha mãe chegou e disse para meu pai dar sossego: não bastava ele com a mania de espanhol?

— É uma língua importante e fácil — se defendeu.

— Mas para aprender a falar, não para cantar tango.

— Você não entende, música é um recurso didático.

Enquanto discutiam, olhei para fora e vi a Lua cheia, grande e avermelhada pelo Sol que, mesmo ausente, lambuzava o começo da noite. Disse a mim mesma, encantada, *la luna en sangre y tu emoción*. Olhei para meu pai e para minha mãe, senti uma absurda vontade de chorar.

Calada, fui a meu quarto, me joguei na cama, abracei Peralta, mordi o travesseiro e senti os olhos úmidos. Então, pela janela vi a Lua vermelha, grande e redonda, tremendo e molhada. Olhei para Peralta e cantei:

— *La luna en sangre y tu emoción.*

Peralta nada respondeu.

4. Vergonha de meu pai

Domingo, acordei indisposta. Um mal-estar fino e insistente. Fui ao banheiro e, ao tirar a roupa, vi o sangue na calcinha. Sensação de que havia algo errado comigo, apesar de minha mãe, no dia em que me dera um pacote de absorventes, ter explicado que aquilo me aconteceria. Parecia que o mundo e a natureza me traíam. Abri o chuveiro, temperei a água e entrei. Esfreguei com fúria e muito sabão o meu corpo, como se quisesse limpar alguma sujeira antiga, grudada em mim.

Antes de me vestir, peguei o absorvente. Olhei para Peralta e falei:

— Está vendo o que aconteceu comigo? Você que é feliz.

Vontade de chorar, sem motivo. Vesti-me e fui tomar café.

Ao ver meu pai à mesa, abaixei os olhos, envergonhada, como se ele soubesse de tudo. Minha mãe me socorreu, perguntando se eu queria torrada ou bolacha.

— Torrada.

Comi depressa, ansiosa para conversar com ela e contar tudo. Mas meu pai não parava de falar nem de comer. Fazia planos, ficava entusiasmado pensando na nova casa e, assim, não deixava minha mãe sair da mesa.

Fui a meu quarto, peguei os patins e desci.

Não sei quanto tempo fiquei assim, correndo de um lado para o outro, entre canteiros, bancos, automóveis e bicicletas. Se alguém se aproximava, eu desconversava e dava um jeito de ficar sozinha, entregue aos patins que, magicamente, me conduziam sobre todas as coisas, sem me tirar do chão.

Só consegui conversar com minha mãe depois do almoço. E foi muito bom. Ela disse que, apesar de ser comum a todas as mulheres, aquilo seria um segredo só nosso, ninguém saberia, enquanto eu não a autorizasse a abrir o jogo.

— Só não pode ser segredo por toda a vida: a natureza é uma só, todas nós somos iguais.

E falou mais coisas que eu precisava ouvir e que me acalmaram. Voltei ao pátio mais tranquila, já não fugia das amigas.

À noite, tomando lanche, meu pai olhou para mim. Tive a impressão de que ia falar sobre o segredo. Frio na espinha, sensação de ter sido traída. Parece que minha mãe fez sinal para ele, que riu, passou a mão em meus cabelos e perguntou se eu ia brincar com Peralta. Abaixei a cabeça, certa de que ele sabia de tudo, tudo. E para não ver seus olhos, me levantei e fui para o meu quarto.

Deitei-me. Pela janela, vi a Lua, enorme, branca e úmida enfeitando a noite. Não sei como adormeci. Acordei tarde. Alguém tinha fechado a janela. Meu pai?

Peralta não me disse nada. Olhei o céu e a luz amarela fez arderem meus olhos. Enxuguei as lágrimas com as costas das mãos e me senti sozinha. Não sem amiga, sem mãe ou sem pai, mas incomunicável, sobre uma bola que roda no infinito, em torno de si mesma e do Sol.

Olhei para Peralta, que costumava responder a todas as minhas perguntas. Sua cara de porcelana permaneceu tão branca, distante e indiferente de meus problemas quanto a cortina, a janela, as paredes. Revoltei-me: por que eu tinha boneca? Para ela fugir nos momentos difíceis? Peguei-a pelos cabelos, com vontade de jogá-la na parede, só para ver sua cara reduzida a cacos.

Não tive coragem. Há quanto tempo Peralta me acompanhava? Que culpa tinha ela de ser uma simples boneca, que não crescia nem fazia aniversário? Havia um mês, eu tinha completado treze anos e, agora, compreendia por que algumas amigas insinuavam que eu estava atrasada em certas coisas.

— E daí? — eu me perguntava irritada. — O que fazer com Peralta? Jogá-la contra a parede, ver seu rosto em mil estilhaços irreconstituíveis? Existe um mundo sem Peralta? Quem, se não Peralta, vai ouvir o que tenho a falar?

Assim, entendi que Peralta era maior que o Céu e a Terra, a Lua e o Sol, pois estava ali, a meu lado, ao alcance de minha mão. Porém, dentro de mim, aquela vontade de arrebentá-la, de destruí-la. Por quê? Seria tão simples, só botar sua cabeça sob meu calcanhar. O que me impedia?

Sei lá, talvez a certeza de que ela não passava de uma simples boneca. Que culpa ela tinha por não falar nem ouvir? E eu? Que culpa eu tinha por pensar e sentir raiva, por crescer e fazer aniversário?

Tão mudas quanto Peralta, permaneciam as paredes, a janela, a porta. Só eu, com aquela vontade incrível de falar e ser ouvida. Então, o mundo girando no espaço, o Sol brilhando lá longe, as coisas ao meu redor, tudo me pareceu inexplicável.

Abracei Peralta com força e nos deitamos: no silêncio do travesseiro, ela me diria alguma coisa.

Capítulo 2

Me persigue implacable su boca que reía

Eu gostaria de dormir com a tranquilidade de Luciana. Parece que não tem problemas na vida. Talvez tenha sofrido menos porque nunca conheceu os pais; quando se deu conta, estava num orfanato. Seu pai e sua mãe são meros nomes em seus documentos.

Mordo o travesseiro e fico triste: não sou capaz de chorar. Como se eu tivesse secado e fosse mesmo pedra rolando no chão, se desfazendo em pó. Seca e impenetrável. Pedra.

1. O condomínio

O condomínio era cercado por muros altos. Na entrada, a guarita com vigilantes dia e noite. As casas, grandes e modernas, formavam um círculo em torno de uma praça ajardinada. A nossa era a sexta à direita de quem entrava. Avarandada, cercada por canteiros de grama. Escondida por uma cerca viva, a piscina de água sempre azul — o melhor da casa.

Depois da mudança, senti falta de minhas amigas: embora grande, o condomínio era longe da cidade e, assim, ficava difícil a gente se reunir, brincar, patinar, andar de bicicleta.

A vista era bonita. Como ficava no alto, de um lado, víamos a cidade e, de outro, uma mata e campos cultivados. Mas a beleza não afastava a solidão, principalmente à noite, quando eu via as luzes da cidade ou a escuridão impenetrável coberta por estrelas distantes e uma Lua impassível.

O pior: eu não tinha mais Peralta. Logo que nos mudamos, num momento de alegria e bobeira, coloquei-a na piscina. A boneca pegou um ranço de mofo que a tornou indesejável em todos os ambientes. Sem que eu soubesse, minha mãe a jogou no lixo. Embora isso tenha me magoado, nunca tocamos no assunto; tudo ficou como se eu não tivesse dado pela falta de Peralta, como se meu apego a ela não passasse de dengo de menina mimada. Adiantava brigar ou discutir? Minha mãe não compreenderia nunca; para ela, a Peralta era apenas porcelana, algodão e pano.

Mas não se pense que a mudança foi só tristeza. Só de ver a alegria de meu pai e a satisfação de minha mãe com nossa nova casa, eu ficava feliz. E também Jorginho, desajeitado e gorducho, se sentia livre das inconveniências de um prédio de apartamentos: dentro e fora de casa, tinha espaço para a sua desastrada maneira de ser. Pegava a bicicleta e ficava andando pelo condomínio. Ou se fantasiava de super-herói e ia viver suas aventuras pelos quintais da vizinhança. Em pouco tempo, se enturmou; lá havia muitos meninos de sua idade. Já meninas... Bem, tinha sim. A Marcela, a Fátima, a Lourdes, a Valéria. Só que alguma coisa me afastava delas, mesmo quando estávamos juntas, eu tinha a impressão de que jamais seríamos amigas de verdade. Mas para matar o tempo à beira da piscina...

2. *A festa*

Falar da festa que meu pai deu assim que pôde é a melhor maneira para entender o quanto ele ficou contente com a casa, comprada com muito, muito sacrifício. Catou tostões, se desfez do possível; o automóvel de minha mãe e o dele foram trocados por um único, mais antigo e barato.

A falta de dinheiro, percebemos tão logo nos mudamos: a cada dia, ele e minha mãe se sentavam e programavam o dia seguinte. Normalmente, ela ficava com o automóvel e a obrigação de nos levar e buscar a todos.

À noite, nos sentávamos à varanda. Meu pai e minha mãe conversavam, Jorginho corria com seus novos amigos. Eu olhava a noite, as estrelas no céu ou as luzes da cidade. Fingia ler ou estudar, mas prestava atenção na conversa deles. Lembro, como se fosse hoje, a noite em que minha mãe perguntou:

— Jorge, se estamos tão apertados, o que você acha de eu voltar a lecionar?

Meu pai demorou a responder. Falou que o aperto era passageiro, quando recebesse o décimo-terceiro salário e a participação nos negócios, a situação seria normalizada.

Pela primeira vez na vida, me senti insegura — um medo fininho vinha lá do fundo com a indefinida sensação de perda. Talvez da certeza, até então inabalável, de que meu pai tudo podia, tudo resolvia. Então, sem pensar no que fazia, andando como se uma força estranha e externa me comandasse, fui ao meu quarto, calcei os patins e saí para patinar na noite.

Corri, corri, com esforço e fúria, até suar, sentir falta de ar e os músculos das pernas tremerem de cansaço.

Passaram-se as festas juninas, as férias de julho, o vento de agosto encheu a cidade e o condomínio de pó e folhas secas. Mais acostumada à nova vida e seu ritmo corrido, à solidão que a distância das antigas amigas me deixava, eu me sentava à varanda, um livro e um caderno no colo para fingir estudar, enquanto meu pai e minha mãe conversavam.

Um dia, ele falou que pensava em fazer a festa de inauguração da casa no segundo sábado de setembro, quando também comemoraríamos o aniversário de 11 anos de Jorginho.

— Não seria melhor fazer só um encontro familiar e deixar a festa para outra ocasião, já que estamos tão sem dinheiro, Jorge?

— Marta, meu bem, uma festa não vai nos desequilibrar. Estamos apertados, não descontrolados. Este mês, recebo um adiantamento por conta da participação nos resultados, a Diretoria já decidiu.

— Poderíamos usar esse dinheiro para coisa mais importante.

Outra vez, a sensação de medo me invadiu. Distante, indefinida: como se eu pudesse ficar sozinha no mundo, abandonada pelas ruas, perdida numa cidade estranha. Mecanicamente, fui ao meu quarto, guardei livro e caderno, calcei os patins e saí para patinar na noite, até ser abatida pelo suor e pelo cansaço.

Ao me ver voltando, meu pai perguntou se minha mãe não achava que eu estava exagerando. Afinal, mais de dez horas e lá estava eu, vermelha, molhada de suor, vencida pelo cansaço.

— Se ela faz isso, é porque precisa. A Sandra passa o dia estudando. Na certa, seu corpo está pedindo exercício.

Meu pai se decidiu pela festa. Pediu para que eu e Jorginho disséssemos quais amigos queríamos convidar. Mal eu começara a pensar, meu irmão, ansioso, desfiou o nome de todos os seus amigos passados, presentes e futuros.

— Puxa vida, não vai caber tanta gente assim — brincou meu pai.

— Ué, são meus amigos. Não é a festa do meu aniversário?

— Também. Mas vai ser uma festa especial, vamos aproveitar a oportunidade para mostrarmos a nova casa — explicou meu pai.

— Nova? Já faz tanto tempo que a gente mora aqui.

— Pois é, não foi possível fazer a festa antes. Eu quero que, dessa turma, você veja quais são os amigos mais próximos. Não é possível convidar todos.

— Pô, nem no meu aniversário, pai!

— Bem, escreva os nomes numa folha, e depois a gente conversa — concluiu, voltando-se para mim: — E você? Quem quer convidar?

As de sempre: Marilda, Daniela e a Selma, do Edifício Itapeva; Eloísa, Eneida e Eliana, da escola; a Marcela, a Fátima, a Lourdes e a Valéria eram do condomínio, seriam convidadas em qualquer hipótese.

Fez uma noite bonita. Pela primeira vez, notei a imponência de nossa casa: as colunas da varanda, as portas largas de madeira, abertas, mostrando a enorme sala com a escada de acesso ao piso superior. E a piscina azul, cercada de cedrinho. A churrasqueira em brasa, a cozinha aquecida pelo forno, pela fritadeira elétrica, pelo vaivém incessante dos garçons do *buffet*.

Lá pelas oito, o pessoal começou a chegar. Antes das nove, a casa estava tomada pelos convidados. Meu irmão e seus amigos corriam por todos os lados, trombando com todo mundo. Eu, minhas amigas e meus amigos ficamos próximos do aparelho de som que tinha sido colocado à direita da piscina, no lado oposto da churrasqueira e da cozinha.

Passava da meia-noite, quando meu pai e seus colegas se aproximaram de nós, para ouvir música. Meio envergonhada, expliquei que ele só curtia tango.

— Só o seu? Se visse o que meu pai ouve — falou Valéria.

— E o meu, então! — outros falaram quase ao mesmo tempo.

Não pude explicar que o gosto de meu pai era antiquado até para os antigos, pois o som esganiçado do bandônion e aquela vozinha fina e rouca inundaram a noite:

Me persigue implacable
su boca que reía.

3. O fim da festa

A festa foi até tarde. Dia seguinte, acordei na hora do almoço. Minha mãe, na cozinha, de cara amarrada, conversava com minha avó. Jorginho se espreguiçava no sofá, ainda deslumbrado com os presentes.

Sentei-me à mesa, tomei um suco de laranja. Ouvi os passos de meu pai. Despenteado, olhos fundos, expressão exausta, se sentou e, sem me cumprimentar, encheu um copo de água, que tomou desesperadamente. Depois, outro de suco de laranja. Então, sim, me percebeu e disse:

— Tudo bom, Sandra?

— Tudo — respondi.

— Gostou da festa?

— Lógico.

— No seu aniversário faremos outra, ainda melhor.

Minha mãe entrou, olhou para meu pai e disse:

— Só que, antes dessa festa, Jorge, vamos conversar muito seriamente.

— Por quê, Marta? Qual o problema?

— O problema de sempre: o uísque e a cerveja. Você tem de aprender a se comportar diante do álcool, senão não vai haver mais festa nesta casa. Pelo menos enquanto eu viver aqui.

— Mas que que houve de mais, Marta?

— Chega, Jorge. Sobre isso, quero conversar a sós. Sua filha já passou vergonha suficiente ontem.

Ele abaixou a cabeça, cortou um pedaço de queijo e encheu outro copo de suco de laranja, enquanto eu me lembrava do agitado fim da festa.

Meu pai pôs um tango bem alto e desandou a falar, mole e depressa. Nem parecia o mesmo homem. O copo de uísque sempre na mão. Explicou por que o tango era a melhor música do mundo. Cantava e traduzia ao mesmo tempo. Entre a colocação de um mastodôntico vinil e outro, disse, fazendo gestos:

— Tango é amor, morte e vingança. Mas só para representar, pois, na verdade, é tudo mentira. O sofrimento e as lágrimas não passam de teatro, como a própria vida não passa de mentira e máscaras. — E abrindo os braços, como se estivesse num palco, concluiu: — Eis a grandeza e o mistério do

tango, ele mostra que a verdade da vida é mentira, pois tudo o que se vive é representação; o homem não existe, existem os personagens que a sociedade cria e a gente encena.

A música começou, meu pai perguntou se eu queria dançar. Fiquei vermelha: eu nunca tinha dançado na vida.

— Vê lá, pai. Que que é isso?!?

Daí, ele desafiou minhas amigas, perguntando se alguma queria tentar acompanhá-lo. Lógico, todas riram, menos eu, que, encabulada, me perguntava por que ele, normalmente tão comedido, fazia aquilo.

Como ninguém dançava, pegou uma vassoura e começou a rodopiar, falando:

— Isto é "taconear". Mas o certo é ter de parceiro uma dama de salto alto, bem alto. De *tacon*, pois é com *tacon* que se "taconea".

Daí, jogou a vassoura de lado, abaixou o som e voltou a se sentar conosco. Encheu outro copo de uísque, perguntou ao Beto se, com tantas meninas bonitas, ele já tinha alguma namorada.

— Mais ou menos — respondeu, desajeitado.

— Pois faz muito mal, devia ter. Não uma, muitas. Namore, menino, namore sempre. E muitas. Mas siga o conselho do titio aqui, nunca se case. — Enquanto Beto ria, meu pai bebeu mais um gole, antes de concluir, voltando o olhar lentamente em minha direção: — Mas esse conselho não vale em relação à mais bonita das moças aqui, a Sandra. Namorado dela tem de passar por aqui, ó — disse mostrando o próprio peito com o polegar de ambas as mãos.

Eu queria sumir, desaparecer. Minhas amigas riram, Beto engasgou e arregalou dois olhos de espanto. Perguntei a mim mesma por que meu pai fazia aquilo. Será que até isso, que Beto e eu andávamos meio a fim, ele já tinha descoberto?

Bem, quando me vi livre do constrangimento, meu pai conversava com seus amigos; todos riam muito. Então, chamou meu irmão, que atendeu correndo, com seu bando de amigos.

Com ar sério, disse que os adultos tinham chegado a uma importante conclusão: como a noite estava quente, todos, sem exceção, deveriam cair na piscina.

Meu irmão e seus amigos fizeram a maior gritaria. Alguns, os que não moravam no condomínio, queriam saber se haveria roupa de banho para todos.

— Roupa de banho? — gritou seu Odair, um colega de serviço de meu pai. — Pra quê, com um calor desses? — E, enquanto falava, pegou um dos meninos e jogou na piscina.

Era a senha. Os adultos começaram a pegar meninos e meninas e a jogar na água. Saí correndo, feito um raio. A Marilda, a Eneida e a Daniela grudadas em mim. Mal entramos em meu quarto, a Selma e a Eloísa bateram à porta. Pelos gritos lá fora, o resto do pessoal devia estar na água.

Seguras de que a brincadeira tinha terminado, voltamos. Minha mãe, minha avó e outras mulheres recriminavam os homens, perguntando se eram moleques, se não tinham vergonha. Eles riam, molhados da cabeça aos pés, as gravatas deformadas, os colarinhos desfeitos.

— Essas mulheres não sabem levar a vida. Verdadeiras jararacas de tão sérias.

E procuravam toalhas para se enxugar e se recompor da maneira possível.

Depois, a festa esfriou. As pessoas começaram a ir embora. Não demorou, ficamos só nós e minha avó. Começamos a botar ordem na casa, enquanto o pessoal do *buffet* encaixotava as coisas.

Fui me deitar de madrugada. Abri a janela e vi no céu uma Lua redonda e branca, jogando um friozinho agradável naquele fim de noite.

No canto da piscina, com um fone de ouvido, estava meu pai, sozinho, com um copo e uma garrafa de uísque, sentado à mesa em que eu e minha turma tínhamos ficado, mexendo as pernas ao compasso dos fanhosos tangos.

Olhei as luzes da cidade, vivamente brincalhonas, piscando depressa umas para as outras. Ouvi um ronco de automóvel e vi a reta luminosa de seu farol cortando a estrada. Puxei a cortina e me joguei na cama, exausta e com aquela absurda vontade de patinar. Como seria impossível naquele horário, mordi o travesseiro e solucei. Não vieram lágrimas, um choro seco. Se Peralta estivesse comigo, compreenderia. Só ela e ninguém mais. E a sua lembrança aguçou meu choro surdo e mudo.

4. *Situação insustentável*

Desde então, as coisas aconteceram tão depressa que, me parece, os meses se reduziram a dias, as semanas, a horas. A festa do aniversário de Jorginho foi em setembro de 1993, eu tinha 13 anos. Minha próxima lembrança é de fevereiro de 1994, quando completei 14. Lógico, entre essas datas aconteceram as notas de fim de ano, o início das férias, o Natal, o *Réveillon*. Mas tudo como fatos repetitivos.

Explico. Antes de nos mudarmos, meu pai tinha as tardes de sábado para ouvir tangos e tomar cerveja. Depois daquela festa, uma ou duas noites por semana, ele se sentava à beira da piscina para ouvir música. Uma diferença: agora, além da cerveja, um litro de uísque. Mais outra: só ia dormir quando estivesse falando mole e embrulhado, os olhos inchados, os passos inseguros.

Mal ele se sentava, eu ia lá, tentar conversar. Impossível, ele não dizia coisa com coisa, embaralhava assuntos desconexos: a importância da língua espanhola, a profundidade humana do tango, a revolução tecnológica do final do século, a política de desemprego do governo, a inutilidade das religiões, o fim do futebol-arte. Fazia tal miscelânea que eu nada entendia, a não ser que, à medida que bebia uísque e cerveja, a mistura de assuntos aumentava, a ponto de eu ficar sem saber quando falava de futebol ou religião, tango ou política, economia ou educação. Eu ia para o meu quarto e calçava os patins.

Olhando o céu, as luzes, o escuro do asfalto, me desligava do mundo, mergulhava em mim mesma e revivia dias mais felizes, no apartamento do Edifício Itapeva, com a companhia de Peralta e a alegria de meus pais que conversavam sem brigar.

Minha mãe tem 1,60 m, pesa no máximo 50 quilos. Seus cabelos castanhos, lisos mas grossos, vão até os ombros. Seus olhos escuros são bonitos, encimados por sobrancelhas espessas. Seu nariz é um pouco grande para o rosto, mas apenas para olhos exigentes. Sua boca e seus dentes são o enfeite final dos traços bonitos. Mas, naqueles dias, a sua descrição seria outra. O aspecto físico, porém, era um detalhe; o pior, seu humor. Pior ainda, suas conversas com meu pai: só se falavam às escondidas, preocupados em não serem ouvidos. Mesmo assim, como eu tinha me acostumado a me fingir de ausente para escutá-los, alguma coisa consegui apreender:

Primeiro: não conversavam mais, só brigavam.

Segundo: minha mãe dizia que todo e qualquer desdobramento de nossa vida familiar se vinculava ao fato de meu pai parar ou não de beber.

Terceiro: meu pai dizia que bebia para poder enfrentar a barra; com tantas obrigações e compromissos, só se fosse de ferro para, de vez em quando, não tomar a sua cervejinha.

Minha mãe se enfurecia, dizia que o "de vez em quando" era todos os dias. E ela tinha razão. Mas meu pai não concordava:

— Pensa que é fácil segurar essa barra?

— Sozinho é mais difícil mesmo. Foi você quem disse pra gente esperar o décimo-terceiro ou a participação nos negócios ou isso ou aquilo. Parece que menospreza o meu trabalho.

— Calma, Marta. Você está misturando as estações: para a nossa situação, o que você vai ganhar como professora não

faz fi nem fá. Pra você sair pra lecionar, vamos ter de contratar empregada, que sai mais caro que sua renda.

— Não estou falando? Falo em trabalho e você se comporta como se a minha expectativa de renda fosse ridícula.

— Marta, antes tudo isso significava nada. Hoje, depois dessa política, a colocação de cada membro da família no mercado de trabalho é essencial. Nós, os assalariados, perdemos a guerra.

— Sim, e daí? Por que não posso eu ser assalariada?

— Claro que pode, meu amor, mas acho que, assim como você um dia teve de amamentar nossos filhos, hoje deve cuidar da casa, acompanhá-los na escola, enfim, fazer as coisas andarem nos eixos aqui dentro.

— E quem disse que, trabalhando, vou abandonar as coisas da casa?

— Não é isso, meu bem. Só uns meses...

— Já sei, vem o décimo-terceiro e a participação nos negócios e a gente acerta a situação. Jorge, há anos ouço a mesma ladainha.

Minha mãe estava certa. Veio outro décimo-terceiro, outra famosa participação nos negócios e nada mudou em nossa situação financeira. Ao contrário, ela se agravou.

— Com essa política de juros, o governo vai quebrar o país. Quer dizer, os pobres e remediados, porque para os ricos nunca esteve melhor — reclamava meu pai.

— Pois é, com uma cervejinha a situação melhora, não é mesmo? — ironizava minha mãe.

E o assunto entre eles acabava.

Em 1995, no primeiro dia de aula, minha mãe explicou que o esquema dali para a frente seria outro. Todos almoçaríamos na cidade: ela voltaria a lecionar.

Foi nessa época que meu pai começou a se preocupar com o seu emprego: falavam que haveria um ajuste nos quadros da firma, muita gente seria mandada embora.

— Bom, Jorge, você não deve sofrer por antecipação. O melhor é esperar que as coisas aconteçam, depois a gente vê o que fazer.

— Marta, seria uma tragédia para nós.

— Por quê, Jorge? Há outros e outros empregos.

— Você não entende, Marta. Não podemos ficar sem essa renda, estamos atolados em dívidas. Se eu não garantir um bom salário, perdemos tudo, até a casa.

— Se a gente vendesse a casa...

— Nem por sonho! Nós quitaríamos a dívida e teríamos de ir morar de aluguel.

Atordoada com a conversa, eu calçava os patins. E começava a deslizar, depressa, correndo, para ver se deixava em meu rastro preocupações e más notícias.

Em vão. Dali a pouco, cansada, eu dormiria, para, na manhã seguinte, acordar no mesmo mundo, com os mesmos problemas, as mesmas preocupações, as mesmas desavenças entre meus pais. E, à noite, para minha tristeza, meu pai se sentaria ao lado do aparelho de som, com o litro de uísque. Só iria dormir quando estivesse falando mole e com os passos inseguros.

E eu patinava. Para quê? Não sei, para não pensar, para fugir das discussões de meus pais, para não ouvir falar dos problemas que nos afligiam.

5. *Antes do que esperávamos*

Desse dia, gostaria de nunca mais me lembrar. Horário de verão. Tarde clara de sexta-feira. Meu pai chegou em casa com os cabelos despenteados, os olhos fundos e o rosto desfigurado. Sentou-se no sofá e caiu num silêncio mortal.

Eu não sabia se ficava ali, se fugia para meu quarto, se ia para fora. Mas meus pés pareciam pregados no chão. Apesar de minha mãe estar agindo com naturalidade, eu tinha a certeza de que alguma coisa grave acontecia.

De repente, Jorginho, todo desajeitado em sua bermuda abaixo dos joelhos, quase trombou comigo ao passar' correndo e gritando, sem sequer ter notado o estado de meu pai:

— Manhê, estou aí fora.

— Está bem. Quando estiver na mesa te chamo. — Minha mãe respirou fundo, olhou para mim e falou: — Por que você não vai brincar um pouco, Sandra? Aproveite, ainda é dia.

Entendi tudo, ela queria ficar a sós com meu pai. Apesar da curiosidade e da tristeza, obedeci. E, sem perceber o que fazia, fui ao meu quarto, peguei os patins e saí.

Porém, em vez de patinar, fiquei rodopiando em frente de casa. Ia da calçada à varanda, devagar, ouvidos atentos, para ver se escutava fiapos da conversa. Nada, silêncio absoluto.

Não resisti. Descalcei os patins e, pisando leve, entrei, com a intenção de não ser notada. Da sala, vi as costas de meu pai na cozinha. Minha mãe estava falando:

— Quer dizer que segunda-feira já não precisa mais ir trabalhar?

— Exatamente.

— Mas não há de ser nada. Você arruma outra coisa. O dinheiro da indenização dá pra gente tocar até você conseguir outro emprego. E ainda temos o meu salário que ajuda um pouco.

— Ajuda muito, Marta.

Conversavam com carinho, como há muito eu não via. Fiquei alegre. Pensei que não devia ser nada sério. Então, para ser notada, fiz barulho e corri para meu quarto, como se fosse buscar alguma coisa.

— É você, Sandra?

— É. Vim buscar uma presilha para os cabelos.

Entrei, peguei a primeira que achei e saí. Agora, sim, estava disposta a patinar.

Dali a pouco, enquanto mexia as pernas e movia o corpo para ganhar velocidade, vi meu pai sair, de bermuda, o balde de gelo e o litro de uísque.

A semana seguinte, meu pai passou preocupado com papéis e o acerto de contas. Saía cedo e voltava à tarde. Animado, alegre.

O fim de semana, passou lendo e selecionando empregos nos jornais, preparando currículos.

Na outra semana, saía pela manhã, ia visitar firmas, colocar cartas no correio e só voltava à tarde.

Não passou um mês, meu pai já não saía todos os dias cedo. E, todas as tardes, se sentava à beira da piscina com seu litro de uísque.

As discussões com minha mãe recomeçaram, agora mais ácidas e agressivas. Públicas. Eu sentia vergonha dos vizinhos.

6. *Cenas*

a. Boletim

Quando a assistente pedagógica foi distribuir os boletins, não recebi o meu, só o recado, sussurrado com discrição: meu pai precisava regularizar a situação junto à tesouraria.

Fiquei mortalmente envergonhada. Por isso, quando minha mãe foi nos buscar, entrei no carro e comecei a chorar.

— O que aconteceu, Sandra?

— Não aconteceu nada, mãe — respondeu Jorginho. — Ela é uma manteiga-derretida, tudo é motivo pra choro.

— Você recebeu seu boletim? — perguntei com raiva.

— Ah, então é isso? Não falei, mãe. Só porque pediram pro pai passar na tesouraria.

— E você não tem vergonha? — gritei.

— Vergonha do quê?

— Calma, isso não é motivo de briga — apaziguou minha mãe, para, então, se dirigir apenas a mim: — Fique tranquila, Sandra. Sei que é desagradável, mas ainda hoje vou à escola e acerto tudo. Estamos numa situação difícil, mas sob controle.

Depois do almoço, como de costume, fiquei estudando no quarto. Saí quase cinco horas. Meu pai estava na piscina, o litro e o copo de uísque.

— Então não entregaram seu boletim? Deixe comigo, amanhã vou àquela escola, ensiná-los a respeitar os alunos. Então é proibido atrasar a mensalidade?

— Pá, a mãe disse que ainda hoje acerta.

— Com que dinheiro? O que ela ganha mal dá para as despesas.

— Bom, ela falou...

— Ela fala, sempre fala. É o que sabe fazer — concluiu.

Ele já enrolava a língua. Como vinha fazendo ultimamente, devia estar bebendo desde após o almoço. Ficava valente e imponente, falava mal do governo e da sociedade, prometia se vingar do que faziam conosco. No início, eu acreditava nesses discursos, mas àquela altura já tinha aprendido que a valentia duraria até a manhã seguinte, quando ele acordaria com os olhos injetados e a expressão derrotada. À mesa do café, olharia para a xícara, como se tivesse vergonha de nós. Eu sentiria uma vontade doida de pular em seu pescoço, abraçá-lo bem forte e dizer:

— Pai, por que o senhor faz isso? Por quê?

Mas parece que um muro de vidro nos separava, irremediavelmente. Meus olhos se umedeceram e vi, tremendo através das lágrimas, ele derramar mais uísque em seu copo.

Fui correndo ao meu quarto e me joguei na cama. Mordi o travesseiro para sufocar os soluços. Enxuguei as lágrimas e senti aquele estranho cansaço, que só passava com muita atividade física. Calcei os patins.

A noite caiu; eu suava de tanto patinar. Parece que uma música viva e rápida tocava dentro de meu corpo, que a acompanhava em movimentos bruscos e difíceis. O suor escorria. Minha mãe estava chegando com o velho automóvel.

Antes de nos sentarmos para jantar, me chamou e cumprimentou pelo aproveitamento, exibindo o boletim e minhas notas.

— Jorge, beije sua filha. Olha só que beleza — falou.

Meu pai viu as notas, passou a mão em meus cabelos e, enquanto levava a boca à minha face, disse:

— Meus parabéns. Por isso me orgulho de minha filha.

Senti o hálito de álcool, forte e curtido. Tive vontade de chorar.

Dia seguinte, minha mãe começou a dar aulas no colégio, à noite. Estava com três empregos, um em cada período.

b. Compras

Minha mãe chegou do supermercado. Meu pai perguntou:

— Você não comprou uísque, Marta?

— Jorge, você sabe que não compro: não aguento mais seu alcoolismo. Aliás, se não fosse pelas crianças...

— Marta, por favor. Você sabe que sou vítima.

— Sim, vítima da fraqueza, da falta de vontade. Aliás, ninguém me tira da cabeça que, se não fosse seu alcoolismo, você não teria perdido o emprego.

— Marta, nunca faltei sequer um dia ao trabalho. Você é testemunha. É o tempo que vivemos. Não fui o único a perder o emprego!

— Sim, mas muitos arrumaram outro.

— Raros, a gente conta nos dedos.

E eu saía de perto, não suportava mais essas brigas.

À tarde, meu pai saiu e voltou com uma caixa de uísque. Nova discussão.

c. Bilhetes

Há muito ele me chamava a atenção. Olhos pretos, vivos e brilhantes; cabelos lisos cobrindo as orelhas; lábios finos, rosto largo, testa alta. Bonito? Eu achava. Mas parece que ele não entendia. Por isso, estranhei quando li o bilhete que a Marilda me entregou:

Sandra,
Preciso falar com você. É urgente e importante.
Quando? Onde?
Um milhão de beijos,

Beto

Incrédula, li e reli. Senti um calor no peito, tremor nas mãos. "Justo agora que as coisas estão como estão?", perguntei a mim mesma. Fechei os olhos e vi o rosto de meu pai. O bigode, os dentes brancos, a risada. Cínica? Não sei, mas fiquei triste. Abri os olhos e procurei o rosto de Beto.

Ele estava olhando para mim. Nossos olhos se encontraram. Envergonhada, abaixei os meus. E o professor continuava falando, falando. Tive a sensação de que nada daquilo era comigo: a aula, a sala, os colegas. Era como se o mundo em que eu vivia nada tivesse a ver com aquele. Tremendo, peguei a caneta e escrevi:

Beto,

Infelizmente, não temos nada para conversar. O melhor é continuarmos apenas amigos.

Sandra

Marilda entregou a resposta.

Desde esse dia, todas as vezes que eu o via, uma tristeza distante e sentida me atravessava o coração.

d. Corretores

Pelo menos duas vezes por dia a campainha tocava. Eram corretores de imóveis, pedindo licença para mostrar a casa. Aquilo me incomodava, parecia que nossa intimidade estava sendo devassada, que nossa vida se tornava pública. Quando meu pai tinha tomado uns uísques a mais, eu morria de vergonha.

Nos fins de semana, os corretores não davam sossego.

e. Reunião familiar

Foi uma visita triste. Meus avós maternos e minha avó paterna se reuniram com minha mãe, para discutir a situação.

— Eu não suporto mais, está além dos limites. Ficar desempregado, sem dinheiro, é suportável, mas as bebedeiras... Não sei o que fazer.

— E se a gente o convencesse a fazer um tratamento?

— Mais do que tenho falado!...

— Quem sabe se a família reunida...

Quando toda a família se reuniu, avós, tios, primos, calcei os patins para fugir do problema.

Conversaram muito, e um clima de velório se abateu sobre minha casa.

Capítulo 3

Tomo y obligo

A luz que entrava pela porta se extinguiu. Ouço passos e me sobressalto: madrugada, alguém se levantou e está voltando ao quarto. Por que essa falta de sono? Todos os dias. Com certeza, vou me levantar cansada, mais fortes as dores nos músculos das pernas. Sinto vontade de chorar, mas meus olhos estão secos.

A Luciana se mexe, me viro e vejo a sombra de seus cabelos negros, mais negros que o escuro do quarto. Como foi bom termos nos encontrado! Não fosse ela, não sei o que seria de mim.

Viro para o outro lado e, na parede, vejo meu pai. Sentado, num banco do jardim da casa de repouso, de bermuda e camiseta, os cabelos bem-cortados, o bigode aparado. Mas um choque me espreme o peito. Agora, ele está na mesa de um bar, com desconhecidos. Com uma caixinha de fósforos, canta um tango, cuja letra tinha me ensinado.

Não adianta tentar chorar.

Passo as mãos nos olhos e vejo o rosto de meu pai. A barba por fazer, os cabelos crescidos, a roupa desleixada. É noite, ele está sentado no sofá da sala, desfeito pelo álcool. Um trapo. Minha mãe, cansada, chega depois de ter trabalhado os três turnos do dia.

1. Apartamento

O apartamento era pequeno, apenas dois quartos. Jorginho e eu tivemos de aprender a nos suportar. Não foi fácil. Meu irmão me parecia muito desligado e sem sentimentos. Era como se não vivesse em nossa família. Acontecesse o que acontecesse, lá estava ele, preocupado só com suas coisas e com sua vida. Esse egoísmo e essa indiferença me irritavam.

Bem, com a venda da casa, a situação financeira se reequilibrou. E meu pai, depois de um tratamento, nem parecia o mesmo homem. Remoçou, começou a trabalhar como corretor de imóveis. No dia em que foi fazer o exame no Creci, para regularizar sua situação profissional, comentou no café da manhã:

— Quanto a vida tem me ensinado, hein, Marta?

— Claro, pra todo mundo — respondeu minha mãe.

— Lembra como eu era? Se tivesse de ir fazer esse exame há algum tempo, não iria. Por orgulho, Marta. Lembra? Eu era um administrador de empresas! Vê lá se precisava aprender alguma coisa para vender e comprar imóveis.

— Bem, são exigências legais.

— Sim, mas são conhecimentos simples, que nunca tive e, antes, eu desprezava. — Então, respirou fundo, pensou um pouco e continuou: — Sabe, Marta, eu era muito vaidoso. Não fosse minha mania de grandeza, a gente ainda estaria no apartamento do Edifício Itapeva, não teríamos ido quebrar a cara na Quinta da Boa Vista.

— Jorge, águas passadas não movem moinho. Tudo isso acabou. Vamos aproveitar o dia de hoje. *Carpe diem.*

— *Carpe diem!* — respondeu meu pai.

— Eu me sinto muito feliz aqui. Aliás, nós nos sentimos muito felizes, não é? — minha mãe concluiu, alternando o olhar, ora para mim, ora para Jorginho.

Um silêncio comovido pairou sobre nós. Meu pai abaixou a cabeça, afastou a cadeira e convidou:

— Vamos indo?

Foi o mesmo que uma ordem, todos nos levantamos. Minha mãe dirigia, meu pai dizia qualquer coisa, Jorginho acabava a lição de casa. Eu fingia que olhava a rua, mas me entregava a lembranças dos tempos de Peralta. E comparava as épocas de nossa vida: agora, éramos felizes outra vez.

Entrei na escola correndo, feliz, o peito estufado de alegria.

2. *Bilhete*

Sentada na mureta do pátio, mastigava o meu lanche, vendo os colegas brincarem. Com uma risada bem grande, a Marilda chegou.

— Pombo-correio! — falou, me entregando um papel dobrado.

— Quem mandou? — perguntei.

— Leia pra ficar sabendo.

— Acha que vou ler na sua frente? — respondi, para aguçar a curiosidade de Marilda, que adorava essas coisas.

— Você quem sabe. Não conte comigo para a resposta — disse com ar de ofendida.

— Sua boba. Então acredita que tenho segredos pra você?

— Sei lá — respondeu, os olhos grandes, os dentes brilhando num sorriso bom e alegre.

— Vamos lá — falei, esticando os braços, erguendo o bilhete contra a luz, para ver se vislumbrava sombra de assinatura.

Impossível, o papel era espesso. Então, me pus ao lado de Marilda, trouxe o bilhete para perto do peito, fiz um gesto nosso conhecido e, ao mesmo tempo, cantarolamos a sinfonia de mistério do Beethoven:

— *Tchan-tchan-tchaaan, tchaaannnn.*
Tchan-tchan-tchaaan, tchaaannnn.

Caímos na risada. Abri o bilhete. Com a mão, tapei o conteúdo, para ler a assinatura. Minhas pernas amoleceram, o coração disparou. Reli, para ter a certeza de que meus olhos não me enganavam. Era ele mesmo, o Beto. Então, ouvi a risada de Marilda, que me trouxe de volta ao pátio, ao recreio, ao mundo.

— Eu sabia que você ia ficar feliz — disse, enquanto eu lia.

Sandra,

Quanto mais me ignora, mais penso em você.
Quanto mais finge que não existo, mais você fica em minha vida.
Quanto mais me esnoba, mais me pergunto se, me humilhando, você se convenceria de meu amor.

Pode fazer de conta que não existo,
pode me desprezar como folha seca que o vento carrega,
pode me tratar feito grama de jardim, cuja placa proíbe que seja pisada, mas que a gente pisa,
pode olhar como se eu fosse invisível ou inexistente,
pode fazer tudo o que quiser,
sempre vai ter o momento de notar que estou em sua vida,
porque você nunca saiu da minha,
porque você habita meus melhores sonhos,
porque você mora em minha imaginação,
porque você é a fonte de meus maiores desejos.

Será que ainda não tem um jeito de a gente se encontrar?
Só pra levar um papo e botar as ideias em ordem.

Ainda que não aceite,
um milhão de beijos,

Beto

Quanta coisa passou por minha cabeça! Os dias difíceis, a vergonha pela falta de dinheiro, a humilhação das cobranças, o alcoolismo de meu pai. Não fosse tudo isso, desde o primeiro bilhete teríamos conversado. Mas naquela situação, impossível. Mesmo humilhada, a gente tem uma ponta de orgulho, e eu não suportava a sensação de estar sendo socorrida e não amada, eu queria amor e não compaixão. Impossível, naqueles dias. Agora, estava tudo diferente.

Como Beto e eu tínhamos caído em classes diferentes, pensei que tivesse se esquecido de mim, e que só eu me lembrasse dele, encontrasse seus olhos pretos no escuro de minha imaginação. E nunca contei isso a ninguém. Aliás, a Marilda soube, por cima, um dia em que senti saudades de Peralta e estava pensando em começar um diário, para contar a mim mesma meus segredos. O telefone tocou, era ela me dizendo que estava a fim do Serginho, que se fingia de morto.

— É sempre assim — respondi. — O Beto também se finge de morto.

— O Beto? Mas foi você quem não quis saber de nada.

— Esquece, Marilda — falei, procurando encerrar o assunto.

— Não, não esqueço. De jeito nenhum. Então não fui eu quem levei aquele bilhete, que ele leu e foi chorar escondido? Não te entendo, Sandra.

— Marilda, esquece o que falei. Hoje estou com a língua maior que a boca.

— Mas o Beto...

— Está bem, o Beto é bonito, alto-astral etc. Acontece que, naquela época, eu não estava bem. Agora...

— Ah, então quer dizer que...

— Não, Marilda, não quer dizer nada. Esquece.

Mudei de assunto, pensando que não existia no mundo confidente como a Peralta, sem dentes nem língua.

— E daí? Vai ter resposta? — perguntou Marilda.

— Claro. Mas um bilhete desses a gente precisa pensar muito pra responder.

3. *Difícil resposta*

Passei a tarde toda e não escrevi uma única linha. Culpa de Jorginho, que não parava de entrar e sair do quarto. Parece que sabia que eu estava fazendo algo pessoal, tanto que ficava em cima, querendo ler, tentando adivinhar o que se passava comigo. É, é complicado ter irmão.

Pai e mãe também. Ao anoitecer, fui ao quarto de meus pais. Sentei-me na cama e comecei a pensar. Quando pintou a primeira frase, minha mãe chegou. Fechei o caderno, disfarcei. Ela pediu para eu preparar o jantar enquanto ela tomava banho, pois às sete tinha aula. Fazer o quê? Escondi meu caderno e lá fui pilotar o fogão. Depois, quem não deu sossego foi meu pai, que não parava de conversar comigo.

Na manhã seguinte, desapontada, Marilda não acreditou que eu não tinha tido tempo de responder ao Beto.

— Puxa vida, Sandra. Duas linhas: "A gente se encontra sexta à noite. Beijão!". Difícil, hein?

— Você leu o que o Beto me escreveu, não leu?

— Lógico.

— Acha que posso responder assim? Ele merece resposta especial.

— Bem, se a gente vir por esse lado... Mas ele só quer saber se você aceita ou não se encontrar.

— Pois é, mas vai saber com palavras à altura das que me mandou.

No dia seguinte, não sei se tive os mesmos problemas ou se fui eu quem os criei. Sentava-me, lia o bilhete de Beto e pensava na resposta. Branco. A caneta inútil em minha mão, a folha do caderno virgem, intacta. Jorginho entrava no quarto e, pronto, eu me levantava e fazia um estardalhaço.

— Você não vai dar sossego? Não vê que não deixa a gente fazer nada? Está pensando que o quarto é só seu?

— Eh, tá tendo chilique, tá? Só vim buscar a bola de vôlei.

— Então anda logo.

— Eh, você tá meio neura, Sandra.

— Anda logo, Jorginho. Quero sossego.

Ele saía, e o bilhete não saía.

Quando meu pai e minha mãe chegaram, Jorginho falou que eu precisava de um psicólogo: estava histérica e tinha tido chilique a tarde toda.

— Chilique? Histérica? Ele que não dá sossego. Não deixa a gente estudar, não para de entrar e sair do quarto.

Como a estabanação gorducha do meu irmão era já conhecida, ficou tudo por isso mesmo. No entanto, depois do jantar, lá estava meu pai de novo, com a sua nova mania, os sonetos.

— Escute este, Sandra. Olha só que bonito.

— Pai, estou ocupada.

— Só este — e declamava.

Não teve jeito. Irritada, pus uma bermuda, calcei os patins e fui patinar com força e raiva, como se, em meu suor, eu expelisse minha insatisfação.

4. *Sozinha na noite*

Acordei. Escuridão completa. Olhei Jorginho esparramado sob o lençol. Noite cerrada. Estiquei a mão e peguei o despertador. Os ponteiros brilharam verdes no escuro: duas e meia.

Sentei-me na cama. Sem sono, passei as mãos nos olhos, como se o dia tivesse começado. Estiquei os braços para me espreguiçar. Com a certeza de que eu acordava por algum motivo especial, senti um calafrio. Olhei a escrivaninha, lá estava meu material escolar e o bilhete. Por isso o dia tinha começado!

Desviando a luz da cama de meu irmão, acendi o abajur. Peguei o bilhete e reli. Uma, duas, três, mil vezes.

Várias vezes comecei a rabiscar a resposta, mas cada frase me parecia desastrosa ou inexpressiva. Eu precisava dizer que ele também nunca tinha saído de minha vida, também morava em meus sonhos, em minha imaginação e estava na raiz de meus desejos. Mas como? Eu não queria repetir suas palavras.

Os ponteiros indicavam quase quatro. Várias páginas inutilizadas, riscadas e rabiscadas. Então, estiquei os braços e bocejei, decidida a voltar a dormir. Adiantava ficar sozinha na noite, se o silêncio não me trazia as palavras que Beto merecia?

— Claro que não — balbuciei, empurrando a cadeira para trás, mas imediatamente puxando-a de volta para perto da escrivaninha.

Peguei a caneta e, num jorro, escrevi:

Beto,

Você não sabe, mas é o meu companheiro nesta noite sem fim. Não fosse você, eu estaria sozinha. Sozinha na noite, às 4h15 da madrugada.

Bendita insônia que traz você para dentro de meu quarto. Você pode não acreditar, mas está aqui, comigo. E eu estou lhe dizendo que a gente precisa se encontrar, sim. Que pode ser na sexta-feira próxima. Ou quando você achar melhor. Assim, vou poder lhe explicar que não foi por minha vontade que não aceitei conversar da outra vez.

Bendita insônia que me permite lhe falar tudo isso.

Se estiver de acordo, sexta-feira, no Treze-treze, por volta das onze da noite. Se não, a gente escolhe outro dia.

Até,

Sandra

Reli o bilhete uma, duas, três, mil vezes. Não estava tão bonito quanto o dele, mas era original, verdadeiro e exprimia o que eu queria dizer.

Peguei a caneta vermelha e a verde. Enfeitei-o com desenhos. Dobrei, pus num envelope perfumado e me deitei. Sem sono.

Pela fresta da janela, entraram os primeiros raios de sol. Brilhando menos, os ponteiros do relógio marcavam cinco e meia. Estiquei as pernas, me virei para o outro lado e fechei os olhos. Só para fingir que dormia, caso minha mãe abrisse a porta antes de o despertador tocar.

5. Resposta

— Você precisava ver a cara de felicidade do Beto — falou Marilda. — Não sabia se saía correndo ou se pulava, se dava um baita tapa nas costas do Fábio ou se me beijava, se batia a cabeça na parede ou dava um berro de alegria.

— E o que ele fez?

— Tudo isso. Me deu um beijo na testa, dizendo que eu era a irmã que ele não tinha. Daí, deu um tapa nas costas do Fábio, que nem teve tempo de reclamar da dor, porque o Beto saiu correndo, segurou um dos pilares da varanda do pátio e começou a bater a cabeça, primeiro devagar, depois com mais força. Então, deu um berro, bem forte: *Iauuuuuuuuuu!*

— E daí?

— Daí, todo mundo pensou que ele estivesse doido, porque tornou a sair correndo, falando que gostaria de ser uma lagartixa, pra subir nas paredes e fazer loucuras que com pernas e braços a gente não é capaz.

— Ele é meio doido mesmo — concluí, rindo.

— Não é, não. Isso é coisa de quem está apaixonado — explicou Marilda.

À tarde, em meu quarto, senti saudades de Peralta. Se ela ainda existisse, iria me ajudar a medir quantas horas, quantos minutos, quantos segundos faltavam para as onze da noite de sexta-feira. Mas Peralta era só lembrança. O jeito era suportar a ansiedade.

6. Aquele beijo

Das coisas felizes daquele tempo, o namoro com Beto foi a maior. Nossos pais cobravam dedicação aos estudos, e minha mãe ainda contava com minha ajuda em casa. Assim, a gente só conseguia se ver nos fins de semana e no recreio.

Foi num recreio. Tive prova de Matemática; o Beto, de Inglês. Saí quinze minutos antes do sinal; logo em seguida, o Beto. Sentamos lá no fundo, na quadra de basquete. Estávamos sós. Ele pegou minha mão e perguntou se eu tinha ido bem na prova.

— Acho que sim. E você?

— Bom, inglês é sopa — respondeu, me apertou a mão, olhou nos meus olhos e perguntou o que eu tinha feito na véspera.

— Nada. E você?

— Fiquei pensando o tempo inteiro.

— O tempo inteiro? Pensando no quê?

Ele olhou para mim, me apertou mais as mãos e disse, levando seu rosto para perto do meu:

— Em você. Ou acha que sou capaz de pensar noutra coisa? — concluiu, baixinho, seu rosto quase encostado no meu.

Abaixei os olhos, com um estranho sentimento de vergonha e um calor diferente no peito. Então, senti sua boca se encostando em meus lábios. Fechei os olhos e tive uma absurda sensação de medo e de alegria. Deixei que Beto me abraçasse com mais força, senti seu ombro no meu ombro. Daí, aquele sabor diferente, conhecido e desejado.

Ele afastou seus lábios dos meus, respirou fundo. Permaneci de olhos fechados. Ele me apertou mais e encostou sua boca com mais força na minha. E me beijou mais profundamente. E agora, junto com o medo e a alegria, vi nitidamente a imagem de meu pai, seus cabelos grisalhos, seu bigode bem cuidado. Uma confusão imensa dentro do meu peito. Meu coração parecia querer sair pela boca, meus nervos pareciam doidos fios condutores de curtos-circuitos; minha cabeça girava.

Só abri os olhos ao sentir as mãos firmes de Beto me sacudindo os ombros. Respirei com força, olhei para ele e, sem nenhum motivo, senti vergonha. Daquele beijo? Não. Uma vergonha indefinida e distante, uma vergonha que me fazia lembrar de Peralta e de uma menina que passava os dias conversando com aquela boneca de porcelana. Talvez fosse isso, vergonha de não ser mais aquela menina.

Mas tocou o sinal e o pátio se encheu, barulhenta e sorridentemente, de colegas. Nosso momento de intimidade tinha acabado. Ficamos sentados, de mãos dadas, olhando para lugar nenhum, até que Marilda, sempre faladeira e feliz, apareceu com Sílvio.

À noite, durante o jantar, meu pai falava e sorria.

Procurei os olhos de minha mãe. Estavam cansados, inexpressivos. Os cabelos molhados pelo banho recente; ela comia depressa para ir dar aulas. Não parava mais em casa. Com ela, minha mãe, é que eu precisava conversar. No entanto, quando? A que horas? E tive a sensação de que perdia minha mãe, de que minha mãe não era mais a amiga que um dia me explicou que as mulheres menstruam, pagam esse tributo à natureza que usa o seu ventre para a perpetuação da espécie. Sim, era outra Marta, muito diferente daquela. Mais sofrida, mais fechada, amargurada.

Interessante: meu pai parecia o mesmo. Era como se nada nele tivesse mudado, além dos cabelos, agora mais grisalhos. Ah, sim, e de ter trocado o tango pelos sonetos.

Aquela noite, acordei. E escrevi um bilhete que Beto nunca recebeu:

Beto,

De novo sozinha na noite. Procuro você e suas respostas. Depois daquele beijo, não sou mais a mesma. Parece que tenho mais que meus 16 anos. Parece que o mundo e a vida mudaram, tomaram outro rumo e têm outro significado para mim. E para você?

Me lembro daquele beijo e sinto alegria e saudade, tristeza e arrependimento. Alegria, porque tive uma sensação que, parece, há muito eu conhecia e desejava. Saudade, porque o beijo não devia ter acabado, como se a vida, do começo ao fim, estivesse toda contida nele. Tristeza, porque não devia tê-lo experimentado. Arrependimento, porque agora me sinto traidora: parece que cometi uma traição indefinida, com meu pai, com tudo e com todos.

E o pior, Beto: minha mãe e eu nos afastamos definitivamente, nunca voltaremos a ser as amigas que fomos. Por quê?

Você consegue me falar algo a respeito?

Sandra

Datei e anotei a hora, quase quatro. Sem o menor ruído, apaguei o abajur e me deitei. Fiquei olhando o teto, até espantar todas as imagens da memória. Adormeci por pouco tempo: o despertador soltou seu berro metálico, avisando que outro dia começava.

7. *Outra vez, os tangos*

Hoje, a sequência dos acontecimentos me confunde. Porém, o importante é como elas ficaram registradas. Foi assim: depois daquele beijo, me lembro da tarde em que meu pai chegou sozinho, entrou barulhentamente, vestiu bermuda, sentou-se na sala e ligou o aparelho de som. Colocou um dos velhos discos de tango.

— Ué, o senhor não está trabalhando? — perguntei.

— Não adianta ficar lá, o mercado está péssimo. Não tem negócio. Faz mais de três meses, está tudo parado. Vim descansar. Pra que ficar acumulando neura e estresse?

— Ah.

Voltei ao quarto para estudar. Dali a pouco, meu pai sairia e voltaria com uma caixa de cerveja. Fui tomada pelo pânico. Senti uma vontade enorme de chorar. Por que tudo aquilo estava acontecendo conosco? O que tínhamos feito de errado na vida? E em meio a meu desespero, lá vinha da vitrola o som rouco e fino do tango, cuja letra meu pai tinha me ensinado:

Tomo y obligo, mandese un trago
que necesito el recuerdo matar.

E me lembrava das discussões com minha mãe, a reunião de família, a clínica. Estaríamos voltando ao inferno? Meu pai indo dormir trançando as pernas, falando mole, reclamando da vida e do governo, da situação financeira, do mercado de trabalho...

Eu precisava conversar com alguém. Peguei o telefone e liguei para o colégio. Pedi para falar com a professora Marta.

— A professora disse que não pode atender agora.

Adiantava dizer que era urgente? E se atendesse, o que minha mãe poderia fazer? Devagar, desconsolada e aniquilada, desliguei o telefone, sem me despedir.

Voltei ao meu quarto. No corredor, ouvi a voz de meu pai, acompanhando o cantor:

...sufra e non llore
que un hombre macho non deve llorar.

Sofra e não chore. Seria possível isso? Eu precisava chorar, tinha de chorar. Entrei no quarto, fechei a porta, me joguei na cama, agarrei e mordi o travesseiro.

Um homem macho não deve chorar. Pensei que eu não era homem, muito menos macho. E sufocando os soluços, fiquei pensando por que um homem não deve chorar. Seria por isso que Jorginho era assim indiferente? Tanto que tinha entrado, visto nosso pai bebendo e sequer se emocionado. Agiu como se tudo estivesse bem, no melhor dos mundos. E me lembrei de Beto, que não me parecia insensível.

Mordi mais o travesseiro e perguntei: por que a vida tinha de ser assim?

Quando minha mãe chegou, saí do quarto e fui até a sala. Ela olhou meu pai, ficou desconcertada, pálida; pensei que fosse ter alguma coisa.

— Por que não me esperou, Jorge?

— Porque não faz sentido ficar no escritório.

— E beber, Jorge! Resolve alguma coisa?

— Pode não resolver, mas alivia.

— Alivia o quê?

— A infelicidade, Marta. Ou você pensa que sou feliz?

— Não sei, até ontem dizia que era. Recitava um soneto do Vicente de Carvalho que diz que a felicidade existe, porém está sempre *apenas onde nós a pomos e nunca a pomos onde nós estamos.*

— Eis uma verdade. Eu aprendi a pôr a felicidade apenas onde estou.

— Quer dizer que, hoje, a felicidade está num copo de cerveja.

— Mais ou menos. Afinal, tenho direito a relaxar.

— Sim. Mas relaxar é uma coisa, se embriagar é outra.

— Quem está embriagado, Marta? Tomei uma cervejinha, pra relaxar, pra espantar o estresse que a crise provoca, só isso.

Minha mãe ficou em silêncio, olhou para mim, pensou um pouco e disse:

— Tudo começa com uma cervejinha. Você sabe que não vou permitir que torne a trazer o inferno para dentro de casa, não sabe, Jorge?

— Marta, isso é passado. Tomo uma cervejinha, nada mais.

— Tudo começou assim. Eu não vou viver tudo aquilo de novo. Pobreza e falta de dinheiro não me incomodam, enfrento numa boa, mas o inferno do alcoolismo eu não vou tolerar. Você é quem sabe, você é quem escolhe. Só você é livre para não beber.

— Está bem, Marta. Está bem. Você vai ver: é só uma cervejinha.

Então minha mãe, percebendo meu estado, me beijou, me pegou pelo braço e me levou ao seu quarto.

— Fique tranquila, Sandra. Aquelas coisas não vão mais acontecer.

— Mas ele já está falando mole, mã.

— Não se preocupe. Hoje não adianta, mas, amanhã, tenho uma conversa com seu pai. Ele vai escolher entre o álcool e a família. Se optar por beber, que vá beber fora de casa, longe da gente.

— Quer dizer, vocês se separam?

— Isso é o de menos, mas em nossa casa ele não fica.

Olhei para minha mãe e percebi que essa era uma resolução irreversível. Meu desespero cresceu: nossa vida me parecia impossível sem meu pai. A solução não podia ser essa, ainda que ele voltasse a beber.

Abaixei os olhos, fui para o meu quarto. Olhei minha cama desfeita e tive saudade de Peralta. Mas não era da boneca que eu sentia falta, e sim da menina que brincava e conversava com ela. Essa menina, eu tinha perdido. Para sempre. Meus olhos se encheram de lágrimas.

Sem pensar, abri o guarda-roupa, peguei os patins. Pelo menos o ar da tarde contra meu rosto enxugaria as lágrimas. Um choro profundo, mais velho do que eu e que vinha do princípio dos tempos, baixinho e significativo, me invadiu. Só cansando o corpo, só patinando e suando. Só judiando de meu corpo.

Desci. Como minha mãe não nos chamou para jantar, só subi na hora de ir para a cama. Molhada de suor, cansada, dolorida.

Dormi feito pedra.

8. Discussões

Desde então, meu pai passou a voltar para casa em horários desencontrados, cheirando a bebida. Ele e minha mãe mantinham discussões que variavam na forma mas não no conteúdo.

— Jorge, já falei: não vou tolerar bebida nesta casa.

— Jorge, não finja. Não quero bebida nem bêbado. Não me interessa se bebeu aqui ou na rua, no bar ou na igreja.

— Jorge, por favor. Se eu não te suportasse, há muito teria me separado. Você faz questão de fingir que não entende. Além das bebedeiras, Jorge, me mostre outro motivo de nossas brigas. Se você soubesse beber... Mas não sabe. Você não bebe; deixa o álcool beber o seu juízo. Por isso, vou pedir, pela última vez: pare, Jorge, pare, se tem amor à família; pare, se nosso casamento significa alguma coisa em sua vida.

Meu pai abaixava a cabeça. Minha mãe procurava esconder que chorava.

Então, meu pai ia tomar banho. Vestia o pijama e se deitava. Dia seguinte, saíamos e ele ficava na cama. Algumas vezes, chegávamos para o almoço e ele ainda não tinha se levantado. Irritada, minha mãe não se continha:

— Quer dizer que você não trabalha mais?

— Lógico que trabalho. Estou indo ao escritório. O problema é que não adianta nada ficar o dia todo lá. Com a crise, não há negócios. Parece que você não entende, Marta.

— Entendo, Jorge. Entendo — ela respondia, triste e desanimada.

Bem, à noite, você já sabe o que aconteceria...

9. Conversas

— Sandra, eu queria saber o que está se passando. Você anda diferente, parece triste. Será que não gosta mais de mim?

rogério borges

— Por que chegou a essa conclusão? — perguntei, olhando os olhos pretos, profundos e sérios de Beto.

— Porque, de vez em quando, como agora, você passa um tempão sem falar nada. E parece que se incomoda quando fico muito perto, quando te abraço, quando te beijo.

— Impressão, Beto — falei, desviando os olhos, para disfarçar meu embaraço.

Em parte, ele tinha razão: não era a sua companhia que me deixava naquele estado, mas o ambiente de minha casa. Reparei seu rosto de expressão bonita, seus cabelos lisos, pretos e compridos, suas feições serenas e tranquilas. Inspirava confiança. No entanto, por mais que me esforçasse, não conseguia lhe falar de meus problemas. Como se ele não estivesse autorizado a invadir a esse ponto minha intimidade.

Naquele dia, cheguei em casa em torno de uma da manhã. Minha mãe estava na sala, sozinha. Perguntei por meu pai, ela respondeu que ele dormia.

— Como ele chegou hoje?

— Como sempre, Sandra. Essa história não tem mais jeito, vamos ser obrigados a dar um fim nela.

— A senhora vai se separar de meu pai?

— De futuro, talvez. No momento, quero que ele saia de nossa casa.

— Pra onde ele vai? — perguntei, em pânico.

— Não sei, problema dele. O importante é que nos deixe em paz.

— Mas mã, se...

— Sandra, não tem mas nem por quê. Seu pai é alcoólatra, uma doença de que só ele pode se livrar. Mas ele não tem mostrado a menor vontade. Nós não somos obrigadas a sofrer as consequências. Aliás, não sou eu quem vai conversar com você a respeito disso. Já marquei uma sessão de análise com doutor Freitas, para a semana que vem. A gente precisa se fortalecer para a decisão que vamos tomar.

— Isso significa que a senhora quer se separar de meu pai?

— Não quero ele em casa, só isso. Agora, vá se deitar, você deve estar cansada. Semana que vem, a gente conversa melhor.

Olhei para ela, senti um nó na garganta e fui para o meu quarto. Deitei e mordi o travesseiro, para abafar os soluços.

10. *Em casa*

Naquele sábado, obedeci ao meu impulso interior e não tive como explicar ao Beto por que queria voltar para casa àquela hora, dez e meia. Minha mãe estranhou e perguntou se tínhamos brigado.

— Claro que não. Por quê?

— Por que voltou tão cedo?

— Não sei. Me deu vontade — menti, pois, intimamente, eu adivinhava o que estava para acontecer.

Entre onze e meia e meia-noite, meu pai chegou, completamente bêbado, mal se sustentando nas pernas. Tocou a campainha. Minha mãe apenas entreabriu a porta:

— Hoje, Jorge, você não entra. Tenho falado, você insiste. Nem que seja para chamar a polícia, você não entra. Bêbado, nem hoje nem nunca.

— Onde vou dormir?

— Sei lá. No hotel, no bar, na casa de seus amigos de bebedeira.

— Por favor, Marta. Amanhã...

— Não tem favor nem meio favor. Não entra. E pronto.

— Marta, você sabe que sem vocês minha vida não faz sentido.

— Faz, sim, basta um litro de uísque.

— Por favor, Marta — meu pai insistia, com voz de choro.

— Não, não e não. Bêbado, nunca mais.

— Quer dizer que não posso entrar em minha própria casa?

— Não. Bêbado, não. Boa noite, Jorge — minha mãe concluiu, fechando a porta.

Meu pai tocou a campainha mais uma vez. Sem abrir, minha mãe falou que não adiantava insistir. Ele tentou dizer alguma coisa, ela não deixou, pediu para ele dar sossego, estávamos todos com sono.

Então, ouvi passos no corredor. E imaginei que meu pai chorava. Nunca vou saber se chorou mesmo. Eu, sim.

Desde esse dia, meu pai não voltou para casa.

11. No consultório

Magro e grisalho, doutor Freitas usava barba e cabelos longos. Mandou me deitar num divã, de tal forma que eu não podia vê-lo. Quis saber muita coisa, principalmente como eu via o relacionamento de meus pais.

— Com tristeza. Seria melhor se meu pai estivesse em casa.

— Mesmo bebendo?

— Sim. Minha mãe sempre disse que é uma doença.

— É verdade.

— Então, em casa, teria gente cuidando dele.

— Será que ele precisa de alguém que cuide dele?

— Precisa, sim.

— Por quê?

— Porque meu pai é fraco e frágil. O mundo e as pessas o magoam. Como é incapaz de revidar à altura, se destrói, bebendo. É assim que eu sinto.

— Você não acha que ele prejudicou a sua família?

— Mas se não foi por vontade dele... Ele é doente...

— Sim. Mas quem sabe esse afastamento lhe dê forças.

— Doutor, longe da gente, meu pai vai se destruir mais depressa.

— Por quê?

— Porque, sozinho, não vai ter estímulo para reagir e se entregará de vez ao álcool.

— A experiência nos tem demonstrado o contrário.

Na saída, marcou retorno para a semana seguinte. Despedi-me, pensando em não voltar: achei que ele tinha invadido minha intimidade.

Em casa, minha mãe explicou que nossa família passava por uma situação muito delicada, e o apoio de doutor Freitas para nós — ela, Jorginho e eu — era imprescindível. Meses depois, eu compreenderia que, mais uma vez, minha mãe tinha razão.

12. *Barba por fazer*

Sem meu pai, nossa casa ficou mais triste. Apesar das explicações de minha mãe de que tinha se tornado impossível conviver com ele, apesar das explicações de doutor Freitas de que esse poderia ser um processo de recuperação para ele, eu sentia demais a sua falta. Às vezes, me sentia incapaz de me concentrar nos estudos, era tomada por uma ansiedade indefinida. Nesses dias, sem pensar no que fazia, eu calçava os patins e saía à toa pelas ruas.

Numa tarde quente, seca e sufocante de maio, isso me aconteceu. Na rua, me deixei levar pelo vento, reparava nas pessoas e nos automóveis, olhava dentro de cada bar por que passava, como se procurasse alguém. E, sem saber, eu procurava.

Escurecia. Longe de casa, numa rua em que nunca tinha estado, vi, no fundo de um bar, o vulto que me fez estremecer: a roupa por lavar e passar, a barba por fazer, o aspecto doentio. Era ele. Um forte nó me amarrou a garganta.

Entrei. Ele estava sozinho, fechado em si mesmo, bebendo. Demorou para notar minha presença, mas, ao me ver, seus olhos se encheram de lágrimas.

— Sandra! Como me encontrou aqui?

— Por acaso. Passei e vi o senhor.

Abraçou-me. Cheirava forte: bebida e suor. Tive a impressão de que não tomava banho havia dias.

— Onde o senhor está morando, pai?

— Numa pensão, perto da Rodoviária.

— E o trabalho?

— Não adianta ir ao escritório, com a crise, não há negócios.

— Por que o senhor não volta para casa?

— Sua mãe não quer, não me aceita.

— A gente conversa com ela.

— Seus avós e seus tios vêm no final de semana, exatamente para isso.

— Pai, eles não precisam vir. O Jorginho e eu...

— É bom que venham, sua mãe está inflexível.

— Mas o senhor... — não consegui acabar de falar, o nó na garganta estourou, uma súbita dor no peito me impediu de respirar, meus olhos lacrimejaram. Meu pai nada percebeu, tal era o seu estado.

— Sabe, Sandra, sua mãe é muito radical.

— Se o senhor fizesse outro tratamento...

— Não, minha filha. Nunca mais piso numa clínica. Isso não resolve, ao contrário, piora.

— Pai, não avisei que saí, preciso ir, se a mamãe chegar e não me encontrar, vai ficar preocupada — falei de repente, ao perceber que era noite cerrada.

— Vá com Deus, minha filha.

— Pai, converse com a mamãe. Seria tão bom se o senhor voltasse!

— Vou voltar, minha filha, fique tranquila — concluiu, me abraçando e me beijando.

Comecei a patinar depressa, muito depressa, para ver se o vento secava as minhas lágrimas, para ver se o corpo se cansava, para ver se eu me esquecia de mim, do mundo e dos nossos problemas.

13. Sem solução

Dessa vez, a reunião familiar foi inútil. Meus tios e meus avós não convenceram meu pai a fazer o tratamento, nem minha mãe a aceitar o marido em casa.

Na tarde de domingo em que a parentela se foi, entrei no meu quarto e comecei a remexer coisas antigas, sem objetivo definido. Num canto do guarda-roupa, uma foto: na sala do apartamento do Edifício Itapeva, meu pai e eu, olhando um para o outro, atrás o bolo de aniversário. O que estava acontecendo conosco? Tive a impressão de que estávamos todos nos perdendo. Será que, um dia, nos encontraríamos?

Capítulo 4

Siglo veinte, cambalache

Ouço barulho. É Luciana se sentando na cama. Ela se espreguiça e vem me acordar. Dou um salto e um grito. Ela não se assusta, apenas ri, me chama de palhaça, pega a toalha e vai ao banheiro.

Abro a janela. Céu carregado de nuvens. Manhã úmida. Pego minha toalha, me sento na cama e fico pensando, esperando Luciana desocupar o banheiro.

Quanto tempo se passou? Não sei, parece que faz um século. Penso em Luciana e em sua alegria de viver. Sua felicidade com as pequenas coisas, como morar num quarto de pensão. Sempre alegre, tudo é motivo de festa.

Imagino que estou fazendo a maior das loucuras. Nunca, jamais vou encontrá-lo. E quem me garante que ele está em Brasília? Essa foi uma indicação, naquele dia, há tanto tempo. Quanto? Conto nos dedos: quase um ano. Na certa, ele está rolando por aí, sem dinheiro, sem casa, bebendo em bares suspeitos, acompanhado de outros bêbados e maltrapilhos da cidade.

Devo estar maluca. Penso em minha mãe, em meu irmão. Saudade e tristeza. E uma ponta de revolta indefinida: poderíamos estar todos juntos. E o fantasma barbudo de doutor Freitas tenta me explicar o que acontece conosco: sem meu pai em casa, minha mãe, meu irmão e eu aprendería mos a ser felizes e daríamos a ele a oportunidade de sair do alcoolismo, infelizmente, pelo caminho do sofrimento. Porém, eu tinha a impressão de que sofríamos à toa: seríamos felizes todos juntos ou infelizes sem meu pai. Por quê? Não sei, nem sou capaz de compreender: uma força íntima maior e mais velha do que eu me dava esse sentimento quase certeza. Por isso, só pensava em encontrá-lo.

Ouço a porta do banheiro se abrir e a voz de Luciana me chamando baixinho. Coitada, se soubesse de tudo, o que pensaria de mim? Que estou louca, que sou irresponsável, que não soube aproveitar o que a vida me deu.

1. Esconde-esconde

Depois daquela reunião familiar, meu pai desapareceu mesmo. Antes, passava em frente à escola, aparecia em nosso bairro, telefonava. Agora, nada.

Um dia, fui ao escritório imobiliário e me disseram que havia meses ele não trabalhava. Ninguém soube dizer de seu paradeiro.

Comecei a procurá-lo pelas ruas, pelos bares. Tinha de encontrá-lo. Não sabia para quê, talvez para dizer que eu gostava dele, que ele poderia ser o que quisesse. Sempre teria o meu amor.

À tarde, para poder ir mais longe, calçava os patins e saía pela cidade. Ribeirão Preto não é uma cidade pequena, e eu ia a todos os bairros. Um dia, longe de casa, num bar feio, humilde e suspeito, ouvi uma voz cantando.

Todo es igual; nada es mejor;
lo mismo un burro que un gran profesor.

Eu conhecia o tango. Difícil e antigo, tinha uma letra enorme. Quanto tempo meu pai levou para me ensinar palavra por palavra, explicar o sentido e o conteúdo!

Entrei. Ele estava de costas para mim, rodeado de gente. A barba crescida, a camisa suja, as unhas compridas. Um farrapo. Pus a mão em seu ombro e falei:

— Pai...

— Pai? O que é isso, menina? — perguntou, espantado.

As pessoas me olharam. Tornei a chamá-lo de pai. Ele me olhou e seus olhos negros amoleceram. Parou de cantar, se desculpou e disse:

— Preciso ir andando. Vou acertar a conta.

Pegou-me pelo braço, me levou a um canto e falou:

— Sandra, me esqueça, é o melhor que você pode fazer.

— Esquecer como? O senhor é o meu pai!

— Não, não sou.

— Como não?

— Está bem, sou, mas não merecia ser. Se eu tivesse tido juízo, nunca teria me casado nem tido filhos, Sandra.

— Por quê?

— Porque eu sou isto que está vendo: um sujeito que optou por beber e fez de si um infeliz. Um andrajo, um inútil. Vá para casa, esqueça que teve pai um dia.

— Mas, papai...

— Por favor, Sandra — ele falou, me dando as costas e saindo, não sem antes dizer ao dono do bar que voltaria para acertar a conta.

Corri atrás dele, mas ele se limitava a pedir para esquecê-lo, para eu não lembrar que tinha pai vivo. E andava depressa, insensível a qualquer coisa que eu dissesse.

Andamos assim uns cinco quarteirões. Então, parou e disse, com autoridade:

— Agora, Sandra, volte. Vá embora. Se me considera seu pai, obedeça. E não me procure mais.

Seu olhar era duro e decidido. Pensei que o melhor a fazer era ir. Outro dia, voltaria àquele bar e o encontraria de novo.

Infelizmente, eu estava enganada. Ele voltou, pagou a conta e não apareceu mais. O dono e seus amigos se lamentaram.

— Um bom sujeito. Bebia muito, mas sempre alegre, apesar de só cantar tangos tristes.

— O único sujeito do mundo que batuca tango em caixa de fósforos.

— E como era bom para pagar a conta.

— *Tomo y obligo, mandese un trago.*

A partir de então, comecei a procurar notícias suas pelos bares da cidade — ele frequentava todos, não se fixava em nenhum. Eu conseguia pistas, perguntando pelo sujeito que batucava tango em caixinha de fósforos. Cada dia, tinha passado por um bairro.

Assim, fui me tornando conhecida no meio. Tão logo chegava, alguém murmurava:

— Lá vem a boneca dos patins.

Boneca dos patins! Eu me irritava, mas não tinha tempo a perder com isso. Corria a outro bar, onde ouviria algo semelhante:

— Lá vem a patinadora dos meus sonhos.

— Ela é filha do Argentino.

Aprendi mais essa: meu pai era o Argentino. E eu não conseguia encontrá-lo.

2. *Apenas uma gripe*

Uma tarde, encontrei-o sentado sozinho no fundo de um bar. Uma garrafa de conhaque e um copo. Vestia uma grossa blusa de lã e tremia de frio.

— O que o senhor tem, pai?

— Nada, só uma gripe.

Estava esquelético. Dentes amarelados, parece que pretejando. Unhas compridas e sujas, dedos cadavéricos. "Está doente. Tem de ir para casa", pensei.

— Pai, o senhor precisa se tratar.

— Já disse, não vou a nenhuma clínica. Escolhi viver assim.

— Não é disso que falo. O senhor precisa ir ao médico, deve estar muito doente. Vamos pra casa, pai. O senhor fica lá até sarar.

— Não, Sandra. Sua mãe não me quer. E eu sei cuidar de mim.

— Pai, por favor.

Seus olhos fundos, inexpressivos, brilhavam. Pegou o copo e tomou um gole de conhaque. Raspou a garganta, respirou fundo e disse:

— Se me garantir que não vai ter encrenca com dona Marta...

— Garanto, pai. Vamos — concluí, pegando sua mão.

Ele se levantou, pegou a garrafa e entregou-a ao balconista.

— Guarde para mim. Outro dia acabo com ela.

Na calçada, meu pai falou para irmos a um ponto de táxi a dois quarteirões.

— Não, me espere aqui. Vou até lá patinando, é mais rápido.

Só então prestou atenção em mim.

— Até hoje você patina? Lembra quando te comprei os patins? — perguntou, com tristeza.

— Lógico.

— Você não queria. No fim, se tornou exímia patinadora. Foi da equipe de patinação artística. Só não continuou porque não quis.

— Pai, a gente não podia pagar a mensalidade.

— Ah, sim. Foi na época das dificuldades econômicas. Pois é, mas tudo isso acabou. Para sempre.

— Estou indo, pai, espere aqui — falei e saí, patinando.

Meus olhos se encheram de lágrimas. Com esforço eu dominava os soluços e suportava a pressão do nó na minha garganta.

Nem mesmo Jorginho, que àquela hora estava na casa de algum colega, nos viu chegar. Falei para o meu pai tomar banho e, para evitar encrenca, se deitar na minha cama. Medi sua temperatura. Quarenta e um graus.

— O senhor tem de tomar remédio para abaixar a febre.

— O melhor remédio para gripe é conhaque, Sandra. Se tiver um pouco...

— Pai, não estou brincando. Sua febre está muito alta.

— Então arranje uma aspirina.

Dali a pouco, dormia. Fechei a janela, peguei minhas coisas e fui estudar na sala.

Quando Jorginho chegou, pedi para não ficar entrando e saindo do quarto, papai precisava de sossego. Ele se espantou.

— A mãe sabe que ele voltou?

— Não. Eu que trouxe, ele está muito doente.

— Sei não, acho que ela não vai gostar.

— Mas precisa entender, ele está muito doente.

Jorginho foi ao nosso quarto, ficou por um tempo olhando papai e saiu, dizendo que ele estava muito magro.

— Pelo menos agora está limpo. Se visse o estado em que chegou. Vá ver a roupa dele, está na área de serviço.

Dali a pouco voltou, dizendo que parecia de mendigo.

— Pois é, virou uma espécie de mendigo. Vive pelos bares, bebendo e cantando tango, é conhecido como Argentino. Se visse cada espelunca que frequenta, cada amigo que tem!

— É, a coisa está preta pro lado dele. Bem que a mãe falou.

— Jorginho, não está certo isso de deixá-lo na rua.

— Mas se ele não quer parar de beber!

— Ele é um doente, precisa ser tratado.

— Mas o tratamento depende só dele.

— Do apoio da família e de outros fatores. Não deve ser fácil ficar desempregado...

— Claro, ninguém dá emprego a alcoólatra.

— Quando ele não bebia, também não achava.

— Ele sempre bebeu, Sandra.

A reação de minha mãe foi extremada e previsível. Queria porque queria que meu pai saísse de casa imediatamente. Não adiantava dizer que ele estava doente.

De tanto eu falar, concordou em chamar um médico, deixando claro que, se fosse apenas uma gripe, ele sequer dormiria em casa.

O médico confirmou, apenas gripe. Mas disse que o organismo estava debilitado, ele precisava de repouso.

— O fígado está muito inchado. Se não se cuidar...

— Não se cuida, doutor. E destrói a vida de quem quer cuidar.

— Entendo... — disse, assinando a receita, antes de guardar suas coisas numa maleta e se despedir, desejando felicidade.

— Como se isso fosse possível — minha mãe resmungou para si mesma, depois de agradecê-lo. E então, voltando-se para mim: — Agora, vou dar aula. Veja com seu pai como aviar a receita e onde ele vai dormir. Quando voltar, não quero encontrá-lo aqui.

Pensei em desobedecê-la, mas meu pai não concordou.

— Você me leva à pensão, tenho como me cuidar.

— Mas, papai...

— Obrigado, minha filha. Sei o que está sentindo, mas não se preocupe. Não vamos tornar as coisas mais difíceis.

3. *Amargurada*

A pensão ficava no centro da cidade. Uma casa velha, o espaço reaproveitado com divisórias vagabundas que transformavam um quarto em dois ou três. Um cheiro de mofo impregnava o ambiente escuro e pouco arejado.

Mínimo o quarto de meu pai: uma cama de solteiro encostada a uma parede úmida, criado-mudo, guarda-roupa e cadeira. Ajeitei-o da melhor forma possível e fui aviar a receita.

Na farmácia, enquanto o balconista me entregava os remédios, pensei que, se as pessoas pudessem optar livremente pela morte ou pela vida, muitos problemas seriam resolvidos. Se, em vez de levar aqueles remédios que devolveriam saúde a meu pai, ele pudesse comprar um que lhe trouxesse a morte suave e tranquila... E, ao pensar nisso, senti um choque, uma repulsa de mim mesma.

4. *A melhor enfermeira*

Por três dias, assisti meu pai. Na escola, consegui autorização para sair e ir vê-lo durante o recreio.

Depois do almoço, levava-lhe comida, tomava sua temperatura e deixava prontos os remédios da tarde, quando eu voltaria, para incentivá-lo a tomar banho.

À noite, também lhe levava comida, media sua temperatura e aprontava os remédios. Antes de ir embora, deixava, no criado-mudo, um galão de água mineral.

No terceiro dia, nem parecia o mesmo homem. Estava corado e robusto, mais vivo e alegre. Até seus dentes haviam perdido o amarelado doentio. Se ele cortasse os cabelos e rapasse a barba...

— Pra quê? — perguntou, quando lhe sugeri.

— O senhor vai ficar mais bonito.

— Ah, bonito? Beleza é vaidade, Sandra. Aliás, tudo são vaidades. Principalmente num mundo em que tudo não passa de compra e venda, em que tudo e todos são mercadorias, em que a vida foi transformada em escambo. As pessoas se vendem e se compram, só isso. Você ainda se lembra daquele tango comprido, *Cambalache*?

— Lembro, mas não quero falar de tango. Gostaria que o senhor entendesse que não é vaidade ter uma aparência bonita, pelo menos para agradar quem gosta do senhor.

— E quem gosta de mim neste mundo?

— Eu, pai.

Ele me olhou, seus olhos se umedeceram. Abraçou-me apertado, beijou-me as faces, mantendo por algum tempo nossos rostos colados. Daí, me afastou e disse:

— Você é a melhor das enfermeiras, Sandra. Mas não devia gostar de mim, minha filha.

— Por quê?

— Porque não mereço, só por isso — falou, abaixando os olhos.

Então, abracei-o com força, beijei seu rosto e disse que merecia, sim, ser amado por sua filha, por seu filho e por sua mulher.

Ficamos abraçados um bom tempo, até ele me empurrar, me olhar nos olhos, passar a mão em meus cabelos, em meus olhos e pedir para eu não chorar.

— Não mereço lágrimas, Sandra. Quanto mais as suas. Você não devia gostar de mim, pois te faço sofrer. Você, seu irmão, sua mãe.

— Mas, papai, se o senhor parar...

— A bebida é mais forte do que eu. Preciso perder o controle sobre mim, anestesiar minha consciência e esquecer de mim, do que sou. Me desculpe, Sandra, pelo sofrimento que te causo, mas tudo isso é mais forte do que eu.

— Papai, se o senhor...

— Sandra, por favor, fique quieta, se não quiser me fazer sofrer mais do que tenho sofrido.

— Está bem, papai.

Voltando para casa, eu olhava as luzes da cidade. Via os automóveis e as pessoas sem destino. Vaidade, tudo são vaidades. Aliás, mercadorias. Seria bom ser pedra. Chegar à inconsciência mineral talvez fosse a felicidade. Não ter nervos nem alma, sangue nem sonhos, pele nem ilusões. Vaidades. Mercadorias. *Cambalache.*

5. De volta aos bares

No dia seguinte, passei na pensão e não o encontrei.

— Saiu logo cedo.

— Não disse onde ia?

— Não, nunca diz nada. É fechado e estranho. Mas paga em dia...

— Obrigada.

Era o intervalo do recreio. Uma tristeza enorme tomou conta de mim, porque eu tinha a esperança de que ele deixaria a bebida. Aliás, a certeza. Tanto que pensei "se não for desta vez, vai ser da próxima".

À tarde, nos bares habituais, disseram que ele tinha apenas passado, às pressas.

— Disse que vai se mudar de Ribeirão.

— Então, não bebeu? — perguntei, esperançosa.

— Ah, bebeu, sim.

6. *A viagem de meu pai*

Na manhã seguinte, acordei com uma insatisfação e uma ansiedade inexplicáveis. Não queria ir à escola. Algo em mim sugeria que eu fosse direto à pensão. Mas só fui durante o recreio.

Ele já tinha saído e pedido a conta, estava se mudando.

— Pra onde?

— Não sei, nunca fala.

— Posso deixar um bilhete? O senhor entrega antes de ele sair?

Pedi papel e caneta. E escrevi, pedindo para me telefonar.

Como até à noite não recebi o telefonema, calcei os patins e saí. Primeiro, fui à pensão, onde me informaram que ele tinha pagado a conta.

— E o bilhete que deixei?

— Leu, amassou e jogou no lixo.

— E não disse nada?

— Ele nunca fala nada, moça.

Fiz a via-sacra dos bares conhecidos. Ele tinha passado por todos, para se despedir, dizendo que partia para Brasília.

— Está muito irritado, quer ter uma conversa com as autoridades.

— Com o presidente.

— Pois é, o Argentino não é como a gente, não. É educado, sabe das coisas, é formado. Não entendo como entrou nessa vida. Na verdade, o Argentino devia ser senador.

— Ou ministro.

— É, coisa assim, importante.

— Agora ele vai ser. Em Brasília...

Voltei para casa desacorçoada. No caminho, não reconheci ruas, postes, lugares, como se eu nunca tivesse morado em Ribeirão Preto. No entanto, eu tinha nascido e me criado ali, jamais tinha saído daquela cidade que me parecia estrangeira. Tive a certeza de que, se pedisse informação, receberia a resposta numa língua incompreensível.

Minha mãe ainda não tinha voltado. Jorginho fazia sua lição e comia bolacha. Fui ao meu quarto, me sentei na cama, descalcei os patins e fiquei olhando para lugar nenhum, me perguntando onde estaria meu pai. Teria mesmo ido a Brasília?

Então, me lembrei de doutor Freitas e de minha mãe: meu pai estava naquela vida por vontade própria, se a abandonasse, de boa vontade e com alegria, seria aceito no convívio familiar. Peguei o telefone e liguei para Beto, de quem eu acabava me esquecendo por completo nessas crises de angústia, a tal ponto que chegamos a discutir por causa disso.

Nem sei quanto tempo conversamos. Quando dei por mim, minha mãe abria a porta. Depressa, me despedi e pus o telefone no gancho.

— Quer dizer que não adianta pedir, Sandra? Você não compreende que nossa conta de telefone é exorbitante?

— Foi o Beto que ligou, mãe.

— Mentira! E deve fazer mais de uma hora que ela está aí, tagarelando feito matraca com o namorado — gritou meu irmão.

— Jorginho... — gritei, mas não pude terminar, pois minha mãe me interrompeu, dizendo que esse era assunto meu e dela, que meu irmão já fazia muito cuidando da própria vida.

Bem, então, nos sentamos e ficamos conversando, até o sono bater. Aliviada, adormeci esquecida de meu pai e sua absurda viagem.

7. *O ritmo da vida*

Hoje, depois de tanto tempo, concluo que, para muitos males, o melhor remédio é o ritmo da vida: sem que eu percebesse, dias de tranquilidade e sossego se seguiram àqueles de tensão e angústia. Naquele ano de 1996, eu estava no segundo colegial, hoje ensino médio, e já pensava no vestibular. Entreguei-me aos estudos com afinco e, assim, acabei me esquecendo da tristeza deixada pela ausência de meu pai.

— Sandra, as pessoas são livres para fazer de suas vidas o que desejarem. Parece que seu pai optou pelo álcool. A reação que esperávamos que ele tivesse não aconteceu. Porém, com certeza, ele compreendeu que a sua presença aqui era sinônimo de sofrimento para a mulher e para os filhos e optou por se afastar. Talvez vá acabar se matando de tanto beber, mas teve o cuidado de fazer isso longe daqueles que o amam. É triste, muito triste, mas nós precisamos respeitar a liberdade das pessoas — explicou doutor Freitas.

Não sei a influência dessa explicação, mas vivíamos como se meu pai tivesse morrido. Lembro-me de uma conversa de mamãe com minha avó:

— Sei que sou moça, que posso e talvez até deva reconstruir minha vida afetiva, mas ainda é cedo. Muito cedo. O que aconteceu nos machucou muito, as feridas apenas começaram a cicatrizar. Enquanto puder, quero tocar a vida sozinha. Se mais adiante sentir necessidade de um companheiro... — Ela respirou, como que refletindo, e concluiu: — E tenho de esperar as crianças amadurecerem um pouco mais. Afinal, sabem que o pai está vivo, apenas não sabemos por onde ele anda.

Mas essas conversas eram fatos isolados e passageiros, mal chegavam a trazer tristeza, muito menos aquele clima de angústia dos dias em que eu sabia que meu pai andava pelos bares de Ribeirão. Tanto que meus patins estavam esquecidos completamente, inúteis objetos sem serventia no maleiro do guarda-roupa.

No fim do ano, na noite de Natal, depois dos telefonemas de meus avós, que sempre pediam notícias de meu pai, um clima de tristeza inundou nossa casa. Mas minha mãe não se deixou abater, me chamou para ajudá-la na preparação da ceia, ocupou Jorginho com as compras e, à noite, chamou famílias amigas para comerem conosco.

Quando vimos, lá se tinha ido o Natal, e meus avós ligavam de novo para desejar um feliz 1997 e perguntar se continuávamos sem notícias de meu pai.

— Claro. Ele entendeu que a sua ausência é a única forma de não nos matar de tristeza — explicou minha mãe.

Porém, à tarde, ela se sentou no sofá e ficou olhando o céu. Sim, estava triste. Mortalmente triste. Compreendi que era a minha vez de lhe dar forças. Peguei o telefone e liguei para o Beto, para dizer que eu só iria à festa em sua casa se pudesse levar minha mãe e meu irmão. Ele ficou meio sem jeito, mas falou que não tinha problema.

— Então, a que horas a gente deve chegar?

— A partir das nove — respondeu.

— Tá legal. Nove e pouco nós chegamos. Um beijo.

Minha mãe não queria ir. Sugeriu que fôssemos Jorginho e eu.

— Que que é? A senhora está louca? Acha que vou segurar vela da Sandra? — meu irmão falou, indignado.

— Bem, então onde quer passar o ano?

— Com a senhora, lógico — ele respondeu.

— E eu também. Se a senhora não for, mãe, também fico aqui — falei.

Minha mãe se levantou, foi à janela, olhou o céu por uns minutos. Tive a impressão de que até chegou a chorar. Mas passou as costas das mãos nos olhos, voltou-se para nós e disse que então iria, já que essa era a única forma de passarmos o *Réveillon* juntos e alegres.

Fui até ela, abracei-a e beijei-lhe o rosto, agradecida.

— A senhora não sabe como isso é importante pra mim, mamãe.

— E para mim também — ela respondeu, com ar de quem estava entendendo tudo.

Bem, com o fim do ano, vieram as férias propriamente ditas. Beto me convidou para ir com ele e sua família a Itanhaém. Minha mãe não deixou. Ele insistiu, estendendo a ela o convite: a casa alugada era grande, acomodava as duas famílias. Minha mãe não aceitou.

— Não entendi por quê — eu disse.

— Porque estamos com pouco dinheiro, minha filha.

— Mas não teríamos despesas, mamãe.

— Teríamos, sim. Ainda que os pais do Beto não aceitassem, eu faria questão de dividir o aluguel, as despesas da casa, essas coisas. Vamos deixar para o ano que vem. E vamos dar um tempo, você e o Beto ainda são muito crianças para ter um compromisso intenso assim.

— Que compromisso, mãe!

— Sabe, essa aproximação precoce das famílias não é boa. Vocês ainda têm de enfrentar vestibular, fazer faculdade. Você já pensou, Sandra, que este ano vai para o terceiro colegial? Já se conscientizou de que vai precisar estudar ainda mais do que no ano passado? Você já decidiu que faculdade vai fazer ou ainda continua na mais absoluta indecisão?

— É... — e ela não me deixou concluir.

— Vamos aproveitar este mês de descanso para conversarmos sobre tudo isso. Este vai ser um ano importante para você. Se não for o mais importante, vai ser um dos mais importantes de sua vida.

8. *Cabeça vazia, oficina do diabo*

Lembro-me do dia da semana e do mês que Beto e sua família foram para Itanhaém: sábado, 4 de janeiro daquele ano de 1997. Na mesma tarde, tomei consciência da falta que ele me fazia. À noite, então! O pior: Marilda, Eneida e Daniela, minhas amigas mais próximas, também viajaram. Fiquei sozinha, sem ter o que fazer. Minha mãe, que tinha prometido me fazer companhia e conversar a respeito daquele ano e de meu futuro, coitada, ficava às voltas com seus compromissos: precisava escolher livros didáticos para adoção, estudar assuntos em que se sentia insegura e, lógico, cuidar da casa. Conclusão, não sobrava tempo para mim.

Às voltas comigo mesma, pequenas coisas traziam meu pai à lembrança. A enorme cama de casal só para mamãe; uma velha escova de dentes; o aparelho de barbear na pia do banheiro; o copo de cristal no armário; os velhos discos de tango. Mas seu vulto não surgia envolto em brumas nem tristezas, mas sim entre coisas absurdas, expostas numa absurda vitrina de uma absurda loja em que se vendia de tudo, de ideias a discos, de diplomas a remédios. E o mais absurdo: dentre as coisas expostas nessa vitrina estavam minha boneca Peralta e meus patins. E recorrentemente eu me lembrava de uma conversa de minha avó com mamãe, logo depois da viagem de meu pai.

— Se eu pudesse, Marta, pegava o Jorge, punha ele no colo, e lhe dava umas boas chineladas. É disso que ele precisa, de umas chineladas, como quando tinha o tamanho da criança que nunca deixou de ser, apesar de ter mais de 40 anos. É isso que ele é, um moleque pedindo umas chineladas. Infelizmente, Marta, com mais de setenta anos, não tenho forças para fazer isso.

— Sei que é difícil para a mãe, imagino como a senhora sente tudo isso, dona Telma. Infelizmente, foi ele quem escolheu esse caminho, não podemos fazer nada.

— Eu poderia, se tivesse forças para lhe dar umas chineladas. Um moleque não tem maturidade para escolher nada na vida, Marta.

"Se minha avó não pode fazer isso, eu posso", eu me dizia, em silêncio. E soltava uma risada entre amarga e travessa, imaginando-me em Brasília, uma cidade que eu nunca tinha visto, dando umas chineladas no meu pai.

— O senhor vai imediatamente pra casa. Chega de palhaçada — eu diria.

E, sem pensar, fui ao meu quarto, peguei um saco de viagem e comecei a enchê-lo, desordenamente, de roupas. Se todos estavam viajando, por que eu não viajava também? E, ao me fazer essa pergunta, abri minha gaveta de roupas íntimas e, lá no cantinho, peguei o dinheiro que economizei e guardei, para ajudar minha mãe com as despesas da viagem de formatura.

Contei. Era pouco, apenas o suficiente para o que eu planejava. Mas o que eu planejava mesmo? Ah, isso nem a mim mesma eu tinha coragem de confessar, tão absurdo me parecia.

Então, olhei ainda uma vez o dinheiro. Depois, o saco de

viagem, com a sensação de que eu tinha deixado de pôr alguma coisa nele. Abri o guarda-roupa e comecei a procurar, gaveta por gaveta, cabide por cabide. Nada. Subi na cadeira e examinei o maleiro. Lembrei de Peralta e "vi" a absurda vitrina da absurda loja que acompanhava a imagem de meu pai. Era isso, eu procurava Peralta. Para quê? O que eu estava mesmo fazendo? Ah, isto era o mais sagrado dos segredos, até para mim mesma, tão absurdo, inexplicável e inconcebível aquilo me parecia. E com a sensação de que talvez estivesse cometendo a maior bobagem da vida, me deixava envolver pelas ideias malucas que começavam a ocupar o vazio de minha cabeça.

Ouvi a porta se abrindo. Minha mãe. Mais que depressa, escondi o saco de viagem no guarda-roupa, agora com a sensação de que faltava alguma coisa ainda mais forte. E não era Peralta. O que era? Eu não podia pensar nisso, precisava disfarçar, conversar com ela.

À noite, ansiosa, apenas dei uma cochilada e acordei. Silêncio absoluto. Jorginho dormia profundamente. Levantei sem o menor ruído.

No corredor, empurrei a porta do quarto de minha mãe. Ela dormia, respirando fundo. Coitada, trabalhava tanto! Não merecia o que eu estava fazendo. Pensei em desistir. Mas não, uma força maior do que eu tomava conta de mim. E lá no fundo da lembrança, a imagem de meu pai naquela absurda loja com sua absurda vitrina. Como andaria meu pai, rolando pelo mundo? Não, eu tinha de ir buscá-lo. E num lapso de segundo, lembrei que naquele ano eu faria o terceiro colegial e, talvez, no segundo semestre, o cursinho. Não teria tempo para mais nada, só estudar, pois, no ano seguinte, seria o vestibular e minha vida iria mudar completamente. Era agora, que eu estava em férias, ou nunca.

Recostei a porta, voltei a meu quarto. Sentei-me à escrivaninha e rabisquei um bilhete, para minha mãe não se preocupar, logo teria notícias minhas.

Peguei o saco de viagem e, agora, era sair e torcer para o guarda-noturno, como de costume, estar dormindo. E ir embora. Para onde? Em busca de quê? Eu não queria pensar nisso, queria apenas ir embora. Ir embora.

Na rua, senti o ar fresco da noite e, imaginando o quanto minha mãe ficaria preocupada comigo, pensei em desistir de tudo. Mas, depois, quando ela soubesse que tudo tinha acontecido para "salvar" meu pai, compreenderia, me perdoaria. Agora, apenas diria que eu estava louca e não me deixaria sair. Pensando bem, talvez estivesse. Quem garantia que ele estava em Brasília? Mas eu não queria pensar nessas coisas que abalavam a minha certeza de que eu o encontraria e o traria de volta para nossa casa, para se tratar e se recuperar. Quer dizer, eu lhe daria as chineladas que minha avó se lamentava de não ser capaz de dar.

E fui andando, olhando o chão, os postes, pisando as pedras, pensando que o mundo era estranho. E desconhecido. Tão estranho e desconhecido quanto as estrelas que brilhavam na noite. Ou estranha e desconhecida seria eu, que exteriorizava isso no universo em que vivia?

Parte II

O Aceitável da Mentira

Capítulo 1

La indiferencia del mundo que es sordo y es mudo, recien sentiras

Estranho o rosto de cabelos curtos e loiros no espelho. Torço a boca e esboço um sorriso. Lavo o rosto, molho os cabelos. Ponho muita pasta dental na escova de dentes. Para cima e para baixo, para cima e para baixo. Lembro da recomendação do dentista, que não me falara da sensação de frescor, do hálito perfumado. Tínhamos preocupações diferentes.

A boca esbranquiçada, cheia de espuma sabor hortelã. Abro a torneira, faço uma concha com a mão esquerda, encho-a de água para bochechar. Com força. Reparo minhas sobrancelhas quase pretas, muito mais escuras do que os cabelos pintados. E os olhos castanhos. Tudo denuncia a falsa loira.

Seguro a toalha, olho meu rosto, presto atenção no nariz excessivo, nos lábios grossos, nos olhos grandes. O que tenho de especial? Os dentes, brancos, sem nenhuma cárie. Todos os dentistas por quem passei disseram a mesma coisa: dentes assim são um tesouro. Mas alguém bate com força na porta e grita:

— Ei, como é? Todo mundo aqui tem horário!

— Desculpe. Já estou saindo — respondo.

1. Chegada

Cheguei a Brasília na noite de sexta-feira, 10 de janeiro de 1997. Na Rodoferroviária, sem saber o que fazer, para onde ir, sentei-me num banco e fiquei vendo os ônibus chegarem, as pessoas descerem, outras receberem os conhecidos. Abraços, beijos, sorrisos.

Além dos ônibus, o escuro. Permaneci sentada, vazia e cansada. O movimento foi diminuindo, diminuindo, até ficar quase nenhum. Quando dei por mim, o céu se alaranjava e as estrelas não piscavam. Senti um vazio, tive a certeza de que estava sozinha, quase sem dinheiro, numa cidade desconhecida. Aliás, num mundo desconhecido.

"E se eu não encontrar o meu pai?", me perguntei. Porém, essa hipótese me pareceu absurda e impossível. Ele tinha ido a Brasília, eu o encontraria.

Peguei meu saco de viagem e fui ao guichê de informações.

— A que hotel você quer ir?

— Não sei, algum bem barato.

— Pode ser fora do Plano Piloto? É mais em conta.

— Fora de onde?

— Do Plano Piloto — respondeu, para, diante de meu espanto, explicar como eram o Distrito Federal e Brasília.

Agradeci e, atônita, fui ao ponto de ônibus urbano. As coisas prometiam ser mais difíceis do que eu tinha imaginado. Mas a certeza de que eu o encontraria pairava sobre todas as coisas.

2. *Do desespero à certeza*

Na Rodoviária Urbana, fiquei atônita, sem saber para onde ir. Comprei três cartões telefônicos de cinquenta ligações, consegui uma lista telefônica e comecei a ligar para os hotéis, mesmo sabendo que não o encontraria.

— Por favor, pode me informar se o senhor Jorge de Lima e Souza está hospedado aí?

Depois de pedirem para esperar um minutinho, lá vinha a resposta:

— Não, senhora, não temos nenhum hóspede com esse nome.

Quando esgotei o segundo cartão, cansada de ouvir as reclamações de pessoas que estavam esperando eu desocupar o aparelho, senti uma contração no estômago: há um dia eu estava sem comer. Tontura: me apoiei no telefone, minhas pernas fraquejaram. Precisava me alimentar.

Devolvi a lista telefônica e comecei a andar, esbarrando nas pessoas, sem controle de mim. Parei num bar pequeno e feio. Pedi um pastel, que devorei, sem sentir o sabor. Depois, outro. E mais outro ainda. Tomei um refrigerante. Olhei as pessoas andando, apressadas, indiferentes. Onde estaria meu pai? E se ele não tivesse ido a Brasília? Não, isso nunca. Naquele dia, eu tinha checado, o rapaz da empresa de ônibus me garantiu que ele tinha embarcado.

— Um senhor magro, barba e cabelos compridos, bem grisalhos? Embarcou ontem. Parece que não estava muito certo: não parava de falar sozinho.

Em algum lugar de Brasília, ele estaria. Mas Brasília era maior do que eu imaginava. E enquanto eu pensava, as pessoas passavam, indiferentes.

Pus as mãos na cabeça, com vontade de chorar. Fechei os olhos e vi o rosto de meu pai, sua barba e seus cabelos, seus dentes. E lá vinha a absurda vitrina da absurda loja, com Peralta, os patins e aquele amontoado de coisas inúteis. Ah, impossível não encontrá-lo. Nem que eu tivesse de ir à polícia. Então, senti aquele choque no peito: a essa altura, minha mãe já devia ter comunicado meu desaparecimento. Será que iriam pôr minha fotografia em cartazes e espalhá-los em bancos, bares, escolas, repartições? Ah, não daria tempo. Antes, eu encontraria meu pai.

Voltei ao telefone para, inutilmente, até o anoitecer, ouvir sempre a mesma resposta:

— Não, senhora, não temos nenhum hóspede com esse nome.

Cheia de luzes, a noite cobriu a cidade. Sem rumo e sem destino, comecei a andar. De vez em quando, esbarrava nas pessoas. Parei no viaduto e olhei a Esplanada dos Ministérios. Lá no fundo, o Congresso Nacional. No viaduto, eu, entre luzes inúteis e estrelas inalcançáveis que iluminavam a Capital do Brasil. Fazendo o quê? Por quê? Pensei em voltar a Ribeirão, antes que o dinheiro se tornasse insuficiente para a passagem. Mas uma voz lá dentro me dizia:

— O quê? Voltar sem meu pai! Nunca.

Encostei meu saco de viagem e me sentei no chão. Fiquei olhando as pessoas caminhando de um lado para o outro, e pensando, revendo minha vida. O que, na verdade, tinha acontecido? Tudo parecia um sonho. Mentira. Ficção. E o rosto de meu pai, barba raspada, bigode tratado, dentes limpos e brilhantes, apareceu. E outras imagens, outras conversas, outras pessoas se sucederam. Jorginho desajeitado e gorducho, minha mãe trabalhadeira e nervosa. Por que tudo aquilo acontecia conosco? Ah, mas nós íamos pôr fim em todas essas tristezas. Eu só tinha uma certeza: eu e meu pai voltaríamos.

Então, uma menina de rosto moreno, enfeitado por grossos cabelos, parou e ficou me olhando. Era Luciana.

— O que foi? Você está chorando?

— Não, só pensando — respondi.

— Pensando em quê? — perguntou, passando a mão em minha cabeça e se sentando a meu lado. — De onde você é? — Como eu não respondia, insistiu:— Pode falar, já passei por isso. Se puder, ajudo — concluiu.

— Estou sozinha, quase sem dinheiro, sem ter para onde ir.

Daí, Luciana ergueu meu rosto com a mão, olhou meus olhos e disse:

— Pra isso a gente dá um jeito. O que veio fazer aqui, procurar emprego?

— É — respondi, sem pensar.

— E sua família?

— Não tenho família — menti.

— Então, é órfã? Também fui criada num orfanato. E você?

— Uma tia, que morreu. Agora, não tenho mais ninguém — menti de novo.

— Claro que tem, sou sua amiga. De onde você é?

— Ribeirão Preto.

— Ah, já ouvi falar. Por que saiu de lá?

— Porque lá fico muito triste.

— Bem, emprego aqui é difícil, mas a gente dá um jeito. O que você fazia?

— Qualquer coisa.

— No que você trabalhava?

— Ajudava minha tia — menti.

— Então não tem carteira assinada?

— Não.

— Quantos anos você tem?

— Faço dezessete o mês que vem.

— Dezessete? Ih, emprego para menor é mais difícil. Principalmente na sua situação. Quem ficou responsável por você?

— Ninguém.

— Como ninguém? Tem de ter alguém. O curador de menores, uma instituição...

— É que minha tia morreu e eu fugi.

— Hum, então as coisas complicam — falou, respirou fundo e perguntou quanto dinheiro eu tinha.

— Menos de dez reais — menti.

— Ah. Se concordar, pode ir à pensão de dona Mirtes. Converso com ela, a gente divide o meu quarto. O que acha?

Incrédula, olhei para aquela menina morena, de cabelos grossos até os ombros, rosto comprido, olhos pretos e grandes. Por que ela, ao contrário de todos, se interessava por mim? Bem, eu não tinha alternativa. Se percebesse algo estranho, era pegar o saco de viagem e desaparecer. Pelo menos, havia uma cama para dormir.

— Por mim...

— Então vamos. A pensão de dona Mirtes é em Sobradinho — concluiu, me puxando pela mão.

3. *Eu e a outra*

Quando dona Mirtes colocou a segunda cama naquele cubículo, lembrei que eu achava pequeno o quarto meu e de Jorginho. E tive vontade de voltar correndo para casa.

— Assim ficou bom? — perguntou, encalacrada na passagem entre as camas.

— Ficou ótimo — respondeu Luciana.

Cansada, revirei meu saco de viagem, peguei toalha, sabonete, escova, pasta de dentes e fui ao banheiro. Perfume doce de sabonete, fios de cabelo no ralo, papéis no cesto, o piso gasto, o espelho com pouco brilho. Fiquei entre a náusea e a desistência. Porém, o banho me reanimou. Esfreguei com força a toalha pelo corpo, enrolei-a em meus cabelos longos, vesti o pijama e voltei ao quarto, onde Luciana limpava o rosto.

— Eu gostaria de ter a pele lisa como a sua. Parece seda.

— Mas eu também tenho espinhas — respondi.

— Só que não tantas quanto eu...

— Bom — balbuciei, me jogando na cama.

Não tive tempo de tirar a toalha da cabeça. Adormeci. Só acordei no dia seguinte, a claridade entrando pela janela que Luciana tinha aberto.

Detestei o café da manhã.

Sentada na cama, fiquei pensando num jeito de encontrar meu pai.

Se fosse aos *shopping centers* e anunciasse no serviço interno de informações que eu o esperava na administração... Não, a ideia era ruim. Ele não iria a *shopping* nenhum.

Se começasse a procurá-lo pelos bares... Mas Brasília tinha tantos bares, as cidades-satélites...

Se eu fosse à polícia... Bem, daí, quem poderia ser encontrada era eu: com certeza, minha mãe tinha tomado alguma providência.

Mais eu pensava, mais me convencia de que esse encontro não aconteceria e mais aquela voz dentro de mim dizia que eu encontraria meu pai, sim, era só questão de paciência. Afinal, eu ainda tinha mais de um mês de férias. Olhei o quarto pequeno de paredes gastas e pensei que não seria lá que eu passaria o restante das férias.

De repente, o barulho de Luciana abrindo a porta me trouxe de volta ao mundo. Ela explicou que trabalhava num supermercado grande, era patinadora. Sua função era buscar etiquetas de código de barras de mercadorias que chegavam ao caixa sem elas, trocar mercadorias para consumidores, providenciar troco para os caixas etc. Então, perguntou se eu sabia patinar.

— Lógico que sei — respondi.

Depois de pensar um pouco, ela falou que tinha uma vaga no supermercado, mas havia o problema de minha idade. Porém, se eu quisesse mesmo o emprego, talvez Jocão pudesse nos ajudar.

— Quem é o Jocão?

— Um amigo. Mais que isso, quase irmão: crescemos juntos no orfanato. Ele encontra saída pra tudo. Se estiver disposta, acho que damos um jeito.

— Não custa tentar, não é mesmo?

— Claro — respondeu, levantando-se e falando: — Então, vamos, que a melhor hora de conversar com o Jocão é pela manhã.

Jocão era alto e forte, moreno e de ombros largos, dentes muito brancos e olhar duro. Fez a maior festa para Luciana.

— E aí, gatinha! Se lembrou dos pobres? — disse, abraçando-a e beijando seu rosto.

— Você que não aparece. Sabe onde moro e é como se não soubesse.

— Trampo, gatinha. Pensa que posso deixar isto aqui? É de segunda a segunda.

— Está bem, Jocão. Não vamos discutir. Sabe, vim aqui porque minha amiga precisa de sua ajuda.

— Quem, a Branca de Neve aí? — perguntou, olhando para mim.

— É.

— Qual o problema? Diga aí. Se o papai aqui não resolver, pode desistir.

— Como nós, ela é órfã. A tia com quem ela morava morreu. Está atrás de emprego, mas é menor, não tem carteira de trabalho nem ninguém que se responsabilize por ela.

Ele franziu a testa, me olhou de cima a baixo e disse:

— Você não tem bronca, tem?

— Se tenho o quê?

— Bronca! A Justa não está te pedindo, está?

— Como assim?

— Ah, já entendi — ele falou. E se voltando para Luciana: — De que planeta surgiu a Branca de Neve?

— A gente se conheceu no viaduto, perto da Rodoviária Urbana.

— Ah... A menina parece santa. Mas deixa pra lá. — Então começou a me perguntar coisas, até concluir: — Sabe, no caso, o melhor é a gente fazer tudo novo. Você deve trocar de nome. Mas tem de piar uma grana.

Luciana perguntou o que eu achava. Olhei para ela, depois para Jocão e me surpreendi com o fato de eu não achar nada. Respondi com outra pergunta:

— E você, o que acha?

— Não sei. O Jocão entende dessas coisas.

— Bem, ele disse que o melhor é fazer tudo novo, não é?

— É — ele confirmou. — Aliás, se eu fosse você, mudava o visual, porque, se entendi, logo vão estar à sua procura, principalmente porque sua tia tinha posses, não tinha?

— Tinha — menti.

— O melhor é ficar prevenida.

— É... — balbuciei.

Manhã seguinte, pelo espelho, eu via a tesoura e as mãos cuidadosas da cabeleireira.

— Deixe quatro dedos apenas. Do lado, pode passar a máquina seis.

— Você não fica com dó?

— Cansei, quero mudar o visual — respondi, pensando que eu devia mesmo estar ficando completamente louca.

— É, de vez em quando é bom. Hoje, não tem problema: qualquer coisa, um aplique resolve.

Espantada, eu acompanhava o corte. Via as longas mechas sendo cortadas e meu rosto tomando formas diferentes. As maçãs ficavam mais salientes, o nariz, maior, a boca, mais bem desenhada, as orelhas, grandes. Quanto mais ela cortava, mais eu estranhava meu rosto. Seria mesmo eu?

Enfim, ela pôs o espelho atrás de minha nuca e perguntou se estava bom.

— Perfeito — minha boca respondeu.

— Então vamos colorir. É loiro mesmo que você quer?

— Sim.

— Com essa pele branca, ninguém vai imaginar que foi tingido. Vai ficar perfeito!

Ficou, mas eu me recusava a ser aquela figura do espelho. Não, eu era outra pessoa, nada tinha a ver com a loira que me olhava com olhos iguais aos meus. No entanto, ao levar a mão à testa, eu a via refletida no espelho e murmurava:

— Sim, eu sou a outra — e me beliscava a bochecha, via o meu gesto refletido no aço brilhante. — Com certeza, eu sou a outra. — Então, balancei a cabeça, senti uma vontade doida de rir e me perguntei: — Eu sou a outra?

E o espelho não respondeu nada. Mas eu me respondi:

— Não, você só está se disfarçando para encontrar seu pai sem ser incomodada por ninguém.

4. *Os documentos*

Tirando o primeiro nome, nada mais me pertencia: a foto, o sobrenome, os pais, o endereço, a profissão, a cor dos cabelos. Sandra Beatriz Batista. Sim, eu nada tinha a ver com essa pessoa em que eu me disfarçava. Mas para isso, me desfiz de meus cabelos, pintei o pouco que restou, porém não colori cílios e sobrancelhas, para deixar meus traços sob essa estranha Sandra Beatriz Batista, personagem de ficção, imprescindível para que eu pudesse encontrar meu pai. Por quê? Sei lá, mas era isso exatamente o que eu pensava. De resto, Sandra Beatriz Batista tinha documentos, podia tentar conseguir o emprego de patinadora no supermercado em que Luciana trabalhava, podia andar na rua. Já eu, Sandra de Lima e Souza, precisava me esconder, pois talvez estivesse sendo procurada pelo Juizado de Menores.

Capítulo 2

Que al mundo nada importa, yira... yira...

Vou me despindo, olho meu corpo. No espelho, vejo o rosto loiro que me sorri. Com sarcasmo, digo:

— Você não existe, quando eu encontrar meu pai...

Sento-me na cama, para fugir da incômoda imagem do espelho, pois sei que não sou a outra, a não ser temporariamente. E dou risada, pois parece que vivo um sonho absurdo. Só falta encontrar a absurda loja, com as absurdas vitrinas, cheias de absurdos objetos e, dentre eles, Peralta e meu pai. Dou risada e Luciana grita, perguntando se quero perder a hora. Sua voz me traz de volta ao mundo exterior.

Olho o relógio. Quase sete e meia. Ainda bem que preciso trabalhar. Vou passar o dia patinando, patinando, patinando, me cansando e, à noite, cansada e dolorida, adormecerei. E se eu não encontrar meu pai? Penso que ainda tenho tempo, mas não quero que as coisas demorem muito: não aguento mais de saudades de casa.

Novo grito de Luciana. Abotoo a calça, me calço às pressas e pego a sacola com o uniforme azul, vermelho e branco. E o par de patins.

— Estou indo, Luciana! — grito.

1. O emprego

Na manhã de terça-feira, fui com Luciana ao supermercado. Ela me apresentou ao chefe, que me levou ao Departamento Pessoal. De fato precisavam de mais uma patinadora. Respondi um questionário, pediram para eu patinar e me contrataram.

Quando entreguei os documentos, senti medo. Tive a impressão de que descobririam que eu não era a mesma das fotografias, que a falsa loira que estavam empregando era apenas um disfarce meu, que eu não passava de uma menina que, por conta de uma inexplicável traquinagem, precisava se esconder da lei, na esperança de encontrar seu pai e levá-lo de volta para casa.

— Puxa, isso é que é sorte. Nem precisou procurar emprego — falou Luciana, quando voltamos à pensão.

— Graças a Deus — respondi.

— Não falei que a gente dava um jeito pra tudo? Então, agora, devagar, você arruma sua vida. Eu também já passei por isso.

Mas eu estava cansada e confusa, queria me trocar e me deitar, para pensar no que estava acontecendo: eu tinha saído de casa para encontrar meu pai e, àquela altura, estava disfarçada de Sandra Beatriz Batista, com os cabelos curtos e tingidos, documentos falsos e um emprego de patinadora em supermercado. Se isso não fosse um sonho, esta vida era um inexplicável absurdo.

2. Uma hora após a outra

Comecei a trabalhar, as horas se atropelaram, numa sequência rápida e igual. Tão logo abriam as portas do supermercado, lá estava eu, sobre rodas, de *walkie-talkie*, recebendo e transmitindo mensagens, cumprindo e distribuindo ordens, patinando entre pessoas, gôndolas e prateleiras, navegando entre mercadorias, preços e documentos. Eu precisava correr, correr muito, muito, os apressados clientes não podiam perder tempo. E assim, correndo, de vez em quando eu me esquecia da razão de minha permanência em Brasília.

Às vezes, após um dia de trabalho, me olhando e me estranhando no espelho, eu chegava a pensar que estava ficando louca, que nunca, jamais o encontraria. Mas não conseguia me desesperar: dentro de mim, permanecia intacta a certeza de encontrá-lo, e antevia nossa volta, juntos e felizes, a Ribeirão Preto. Então, minha avó poderia pegar a sua chinela e aplicar o castigo merecido.

3. *Uma visita diferente*

Na quinta-feira, Luciana me pediu para acompanhá-la ao presídio de menores: Jocão tinha sido preso.

— Luciana, não posso. O Jocão me incomoda com aquele jeito...

— Mas você deve uma baita obrigação: não fosse ele, nem emprego você teria. Agora, ele está na pior, precisa de ajuda, você não pode negar.

Pensei que não só a ele, a ela também, pois não fosse sua desinteressada ajuda, talvez eu tivesse voltado a Ribeirão Preto, sem a menor esperança de encontrar meu pai. Mais pela aflição de minha companheira de trabalho e de quarto, que nesses poucos dias estava se tornando uma amiga muito próxima, concordei, deixando claro que iria contra a vontade, porque alguma coisa em Jocão me incomodava muito.

— Você tem mesmo de ir: o Jocão foi com sua cara, tanto que, para arrumar seus documentos, disse que precisava de dinheiro e, depois, deixou tudo por isso mesmo.

— Isso me incomoda mais ainda. E aqueles olhos sempre brilhando!

— É a droga, Sandra. Essa é a desgraça do Jocão. Crescemos juntos, em alas separadas do orfanato. Sempre foi gente de bem. Ainda seria, se não tivesse caído nessa vida.

— Então, Lu! Você, que é amiga dele, eu...

— Você também é. E ele vai ficar contente, está precisando de força para mudar de vida. Já aceitou fazer parte de um grupo religioso. Venha comigo, pense que está fazendo uma caridade. O Jocão vai ficar feliz por isso e vai ser grato por toda a vida.

Agora, sombras e fantasmas caminhavam por escuros corredores de um presídio. Seus passos ecoavam como correntes contra o cimento ou como martelo contra o ferro. E no fim dos

corredores, freiras de branco e frades de marrom sussurravam orações desconhecidas. Não havia lamento nem tristeza nesse cenário. A tristeza estava em mim, que não compreendia por que, quando os presidiários e os religiosos se encontravam, começavam a rir e a cantar músicas alegres. Então, eu abria os olhos e me lembrava do olhar de Jocão, agora sem brilho. E ouvia sua voz brilhante como um raio de alegria:

— Branca de Neve, que bom que você veio me dar uma força! — Ele pegou minhas mãos, segurou-as, me beijou a face que, instintiva e inutilmente, tentei tirar do alcance de seus lábios. — Estou sabendo que você e a Lu estão trampando. Preciso tirar meu tempo. Quando sair, vou trabalhar, como vocês. — Daí, soltou minhas mãos, me olhou de cima a baixo e disse: — Você não ficou muito bem de cabelos loiros.

— Sei disso. Nunca mais vou pintar.

— Mas e se te encontrarem? Até a mim encontraram!

— Bem, precisei me disfarçar por uns dias só. Logo, logo tudo isso acaba.

Ficamos calados, ele me olhando, viajando em irrealizáveis sonhos. Luciana quebrou o silêncio:

— Veja o que eu trouxe! É pra gente se lembrar de Bom Jesus da Lapa — concluiu, mostrando o cuscuz de peixe.

Enquanto conversamos banalidades, Jocão comeu mais da metade do cuscuz. Reparei em sua barriga grande, em seu rosto inchado. Como um rapaz podia chegar àquele estado? E me lembrava de meus amigos e colegas de Ribeirão Preto. Via o rosto de Beto, seus olhos escuros, seus lábios finos. Sentia saudade de seus beijos.

Quando nos despedimos, Jocão me abraçou com força, me olhou no rosto e falou, antes de me beijar a face:

— Branca de Neve, você é mais bonita que Nossa Senhora. Faço tudo o que me pedir.

Embaraçada, fiquei muda. Luciana me socorreu:

— Sabe o que ela quer?

— Não — respondeu, sem largar de minha mão.

— Que você mude de vida. Só isso, não é mesmo, Sandra?

— É — concordei.

— Se é só isso, você vai se orgulhar de mim — concluiu, me beijando a outra face antes de soltar minha mão.

No ônibus, Luciana me contou que Jocão era dois anos mais novo do que ela, por isso estava no presídio de menores. Devia faltar um ano e pouco para completar 18 anos.

— Qual crime ele cometeu?

— Desde que se meteu com drogas, muitos. Não sei por qual ou quais está condenado.

Então, lembrei-me de que um desses crimes tinha sido por minha causa, para obter os falsos documentos de meu disfarce, os documentos da outra, da loira, da Sandra Beatriz Batista. E um mal-estar me invadiu. De alguma maneira, eu era responsável por ele estar preso, ainda que nunca se descobrisse que foi ele quem tinha me arrumado tais documentos.

Fechei os olhos, vi os menores do presídio com seus familiares, os ombros arcados, as expressões desfeitas. E me perguntei quantas pessoas, livres e ditas honestas, não eram responsáveis por esses e todos os outros presos do mundo. Mas Luciana, que não parava de falar, não me deixava mergulhar em meus pensamentos.

— Sabe, tudo começou quando fecharam o orfanato — explicou, mas eu não consegui prestar atenção na complicada história que contou e que tinha a ver com o destino de Jocão.

4. *Um dia frenético*

A chuva torrencial e ininterrupta castigava Brasília. Eu tinha a sensação de que meu espírito estava embolorado, minha alma encharcada. Naquela sexta-feira, acordei irrequieta, estranhando a noite bem-dormida. Um sono de pedra, mineral e insensível, sem sonhos. Fui ao banheiro, me troquei e não tive tempo de pensar em nada, sequer de me estranhar na loira imagem de meu disfarce no espelho. Pela primeira vez, estava pronta antes de Luciana.

— Ei, vamos. Ou vai querer chegar tarde?

— Esses dias, foi você quem embaçou. Hoje, quer sair correndo. Ainda é cedo, Sandra.

Era, mas eu não sabia o que havia em mim: uma vontade de sair, ver a cidade, tomar o ônibus, me misturar com o povo. Por quê? Não sei. Ali dentro, entre as paredes baixas e mal pintadas da pensão de dona Mirtes, eu não cabia.

Quando saímos, não senti o incômodo da chuva. Não me irritou o ônibus descômodo e lotado.

Um passageiro ligou o rádio e ouvi a voz do locutor, anunciando que o trânsito, para quem vinha pela Asa Sul, estava parado por causa da marcha dos sem-terra. Milhares de pessoas obstruíam o Eixão. A Rodoviária Urbana e a Esplanada dos Ministérios estavam tomados.

— Ainda bem que não é o nosso caminho — comentou Luciana.

— É — respondi, mas com a certeza de que aquele era, sim, o meu caminho.

Pequeno movimento, pouca gente comprando, caixas desocupados, patinadoras conversando com supervisores e recepcionistas. Incansável, a chuva molhava a cidade e a vontade de seus habitantes. Irrequieta e ansiosa, eu procurava o que fazer, patinando de um lado para outro da loja.

Num dos aparelhos de tevê, vi a reportagem sobre os sem-terra, naquele instante, na Praça dos Três Poderes. Num carro de som, os líderes discursavam. O povo, agitando bandeiras, ouvia e, de vez em quando, gritava palavras de ordem. Foi como um choque, fiz meia-volta e parei. Firmei os olhos: no carro de som, o rosto magro e cansado, de barbas grisalhas e cabelos longos: meu pai.

Corri ao estacionamento, uniformizada e de patins. Comecei a perguntar aos clientes para onde iam.

— Onde você quer ir?

— À Praça dos Três Poderes.

— Nossa, aquilo está a maior confusão. Posso deixá-la

perto de um ponto de ônibus, se servir...

Qualquer coisa servia. Ele abriu a porta, entrei.

— Parece que está ansiosa.

— É. Tenho de encontrar uma pessoa.

— E acha que vai encontrá-la na confusão que está a Praça dos Três Poderes?

— Com certeza.

— Bom... — balbuciou, incrédulo, e perguntou: — Como você se chama?

— Sandra. — E, depois de respirar fundo, acrescentei: — Sandra de Lima e Souza. — Não sei por quê, tive vontade de dizer que não era loira nem tinha cabelos curtos. Mas me contive.

— Você não é de Brasília, é?

— Não. De Ribeirão Preto.

E não conversamos mais: ele percebeu que eu não tinha calma nem disposição.

Não foi fácil chegar. A chuva, a Rodoviária Urbana lotada, o Eixo Monumental tomado, o trânsito paralisado. Ainda bem que eu estava de patins.

Brasília é assim, a gente olha, parece que é perto, começa a andar e percebe que a cidade se esparrama na imensidão, que tudo, tudo é muito longe. Por isso, patinando, chamando a atenção de todos (afinal, não é sempre que se vê alguém num uniforme conhecido patinando pelas ruas da cidade), eu tinha a impressão de que jamais chegaria, pois quanto mais eu corria, mais distante me parecia a Praça dos Três Poderes, mais imenso e interminável o Eixo Monumental.

Molhada pela chuva, aos solavancos e esbarrões, sob os sorrisos banguelos daquela gente pobre e magra, de chinelos de dedos e foices, bandeiras vermelhas e chapéus de palha, eu abria caminho rumo ao carro de som cheio de bandeiras vermelhas. E quanto mais me aproximava, mais densa ficava a multidão, mais difícil romper o cerco até o carro de som. E eu ainda precisava descobrir por onde se subia ao palanque montado em sua carroceria. Com certeza, não me deixariam chegar lá, me misturar a deputados, personalidades e líderes.

Empurradas, se espremendo umas contra as outras, as pessoas davam passagem. De repente, vi o carro de som bem à minha frente. Um homem magro e baixo, com um sotaque diferente, pegou o microfone e falou:

— Agora, vamos ouvir as palavras do companheiro... — olhou a seu lado, para o homem magro, de barba grisalha e cabelos longos, de paletó puído e sujo. Perguntou alguma coisa, tomando cuidado para o microfone não captar o som. Então, voltou-se para o público e concluiu: — ...do companheiro Jorge.

Daí, meu pai pegou o microfone, olhou a multidão e começou a falar, pausado, com sua voz rouca e grave:

— Companheiros, ao me inscrever, perguntaram de onde eu era. Respondi: do Brasil. Sim, como vocês, sou brasileiro, e vivo por aí, ao léu, sem terra e sem teto, sem família e sem emprego, sem salário e sem assistência. Tenho vivido da misericórdia das pessoas, porque, a cada dia, fico mais roto e esfarrapado. A cada dia, estou mais próximo dos irracionais. A ninguém, aos reis nem aos presidentes, aos senadores nem aos nobres, aos capitalistas nem aos burocratas, a ninguém foi dado o direito de transformar homens em baratas, vertebrados em invertebrados, racionais em irracionais. Só por isso estou aqui, para denunciar e tornar pública a minha luta: eu não vou ser inseto. Ninguém vai me transformar em barata, a menos que me matem.

Espantados e apreensivos, no palanque, os líderes se entreolhavam. O público aplaudia. E eu remoía aquele trecho de seu discurso: *vivo por aí, ao léu, sem terra e sem teto, sem família e sem emprego, sem salário e sem assistência.* "Bandido! Que ele saiu de casa, deixando a mulher e os filhos a troco de uma garrafa de cachaça, isso ele não conta. Sem-vergonha! Minha vó tem toda a razão, ele precisa mesmo é de umas boas chineladas", murmurei para mim mesma, enquanto alguém gritava:

— Homens, sim. Baratas, não.

E outros repetiram, como palavra de ordem:

— Homens, sim. Baratas, não.

Então, meu pai se descontrolou. Queria falar, mas sua boca se limitava a esgares mudos. Seus olhos se voltavam para o alto. Sua respiração se tornou difícil. Percebi que começava a cair.

Correndo e pensando que sua saúde ainda poderia me dar dor de cabeça, abri caminho até o carro de som. O acesso ao palanque era por uma escada atrás da carroceria. Fui até lá e, muda e aflita, lutando com os seguranças, subi.

No palanque, pessoas rodeavam meu pai, caído, a boca espumando, o corpo em convulsões sucessivas. Comecei a chorar: depois de todas as extravagâncias que tinha feito por causa do álcool, poderia estar morrendo. Corri até ele e abracei-o com força, murmurando entre soluços:

— Por favor, pai, não morra agora que te encontrei.

5. *Nada fora de controle*

Na ambulância, a médica me tranquilizou: meu pai não corria risco de vida, embora sua saúde não estivesse lá essas coisas.

— Foi uma convulsão. Voltará a si e ficará bom. O problema é a bebida. Se continuar bebendo...

— Ele vai parar, doutora.

— Ele já fez algum tratamento?

— Sim.

— Bem, vamos deixá-lo descansar.

Alguém a chamou, para atender uma senhora grávida. Ficamos meu pai e eu na ambulância. Ele dormindo, expressão calma e plácida. Peguei sua mão, observei as unhas, compridas e malcuidadas, pretas de sujeira nas pontas. Se tivesse um cortador, as cortaria, assim como, se em vez de patins eu estivesse de chinelas, começaria a aplicar o castigo sugerido por minha avó.

Passei a mão em sua testa e pensei que talvez fosse o caso de levá-lo a um hospital. Na manhã seguinte, iríamos embora. Porém, a médica explicou que seria difícil e inútil interná-lo. Que ele descansasse em casa mesmo.

Ele se mexeu. Pensei que fosse acordar. Mas não, apenas se acomodou melhor. Sequer franziu a testa, o rosto permaneceu tranquilo, o espelho da serenidade e da calma.

Saí da ambulância. Olhei a Praça dos Três Poderes. Indiferente a mim e ao meu drama, a multidão, que há pouco tinha aclamado meu pai, já se envolvia com outros sonhos. A vida continuava, os homens se desentendiam e se defrontavam. Indiferente a racionais e irracionais que o habitavam, o mundo girava, girava, em torno de si e do Sol. Rotação e translação.

Entardecia quando meu pai e eu deixamos a ambulância. Ele, falando devagar por causa dos remédios; eu, com o meu macacão e os patins encharcados. Perguntei onde morava, respondeu que num lugar aonde jamais me levaria. Por isso, o melhor seria deixá-lo na Rodoviária Urbana.

— De jeito nenhum. Posso não ir aonde o senhor mora, mas o senhor vai comigo. Na pensão da dona Mirtes tem um quarto. Ela hospeda o senhor até irmos embora.

— Embora para onde, Sandra?

— Para Ribeirão. Para nossa casa. Ou o senhor quer ficar nessa vida? Ou o senhor quer se matar e matar de tristeza todos nós. Minha mãe, Jorginho e eu. E tem mais, a vó Telma vai ter uma conversa muito séria com o senhor.

— Minha mãe está morando com vocês?

— Claro que não. Mas sempre pede notícias. E está uma fera. O senhor vai ver só!

Ele me olhou, seus olhos se encheram de lágrimas. Passou o braço em meus ombros, me apertou contra seu peito e disse que não sabia como tudo aquilo tinha acontecido. Ele tinha vivido um pesadelo, que, graças a Deus, estava se acabando para sempre.

— Para sempre mesmo, papai?

— Claro, minha filha. Aprendi muito esse tempo todo. Para ser sincero, se eu não tivesse tanta vergonha do que estava fazendo, voltaria de joelhos para casa.

E caminhávamos. Todos reparavam: formávamos um estranho par, ele coberto de molambos, eu em uniforme de trabalho e patins, tentando, em vão, com um velho paletó roto, nos proteger da chuva indiferente.

Em frente à Catedral, meu pai parou. Disse que precisava descansar um pouco. Entramos e nos sentamos num banco. Pouca gente e muito silêncio. Os raros passos ecoavam entre sussurros no azul redondo da nave.

Pegou minha mão e disse:

— Vou te confessar uma coisa, Sandra: não consigo mais rezar. Mas Deus existe e me protege, porque, quando pensei que tudo e todos tinham me abandonado, quando me senti só, num mundo indiferente, que gira, gira, você aparece. Sabe, aquele tango não me saía da cabeça, eu passava os dias cantando.

— Qual tango, pai?

— O que fala da indiferença do mundo.

— Ah, acho que me lembro.

— *Verás que todo es mentira,*
verás que nada es amor
que ai mundo nada le importa,
yira, yira.

Lágrimas teimosas inundaram meus olhos. Lembrei-me daquelas tardes em que eu, menina, me sentava a seu lado. Com o bigode branco da espuma da cerveja, ele me falava da importância da língua espanhola e da alma do tango. "A dor, a tristeza, o amor, tudo representação, tudo cena, tudo mentira." E me explicava as letras, me ensinava rudimentos de espanhol.

— É verdade, papai. Parece que é tudo, tudo mentira.

— Sandra, foi tudo mentira. Agora, vocês vão me ajudar a encarar a verdade.

Capítulo 3

Veras que nada es amor

Acordei descansada. Fui ao banheiro e, no espelho, a falsa loira de meu disfarce não me incomodou. Eu não precisava me disfarçar mais.

Escovei os dentes com cuidado. Olhei meu rosto no espelho e falei, com a boca branca de espuma:

— Sandra de Lima e Souza!

Mas o loiro falso de meus cabelos me causou uma ponta de tristeza. Enxuguei o rosto e me consolei: meus cabelos em pouco tempo estariam de novo pretos, pois cresceriam fortes e viçosos, inconfundíveis e únicos. E se esparramariam no tempo e no espaço, inundando a cidade e o mundo os meus cabelos pretos.

Avisei Luciana que não ia esperá-la. Estava indo.

— Não vai mesmo me esperar?

— Não posso.

1. Acerto de contas

Ainda uma vez passei por Sandra Beatriz Batista. Foi mais fácil aceitar o pagamento dos dias trabalhados, apresentar minhas desculpas, aceitas pelos chefes, do que dar mirabolantes explicações. Só se espantaram com o absurdo dos fatos. Porém, verídicos ou mentirosos, isso em nada mudava o acerto de contas, que estava ali, assinado e sacramentado, pela inexistente Sandra Beatriz Batista.

2. *Rebelião*

Na pensão, à hora do almoço, Luciana apareceu esbaforida.

— Sandra, vamos ao presídio! O Jocão está chefiando uma rebelião.

— Estou voltando pra casa, não posso ser útil em nada, Lu.

— Pode. Com você ele conversa e acaba fazendo um acordo.

— Comigo, Luciana?

— Sim, com você. Vamos. Não se esqueça de sua dívida.

Os menores haviam tomado o presídio. Ameaçavam matar um funcionário e uma funcionária, mantidos como reféns. O helicóptero da polícia sobrevoava o local. Ambulâncias dos bombeiros e tropas de choque cercavam o prédio. Os rebelados, no teto do alojamento, queimavam colchões e camas, produzindo uma fumaça espessa e escura.

Lu me pegou pela mão e me levou à entrada do presídio, onde se agrupavam as autoridades. Cutucou um senhor de terno cinza e falou:

— Esta é a menina com quem o Jocão conversa.

O homem me olhou e perguntou se eu estava disposta a ajudar. Atônita, fiquei sem saber o que responder. Luciana falou por mim:

— Está sim, doutor. Tem um pouco de medo, mas ajuda. Quando o Jocão souber que ela está aqui, as coisas mudam.

— Branca de Neve! Você aqui?! O que você manda?

— Gostaria que tudo isso acabasse, Jocão.

— Mas a gente não pode ficar nas garras desses caras! Eles torturaram a gente! Pra tudo isso acabar, a gente quer ter certeza de que vão tratar todo mundo daqui com dignidade.

— Estou aqui pra intermediar as conversas. Quais as condições para encerrar tudo, de uma forma aceitável para todos?

Ele pôs a mão nos meus cabelos e disse:

— Você fica muito mais bonita de cabelos pretos. Posso te pedir uma coisa?

— Depende.

— Quando seus cabelos crescerem, você vem me visitar?

— E o fim da rebelião?

— Já não disse que faço tudo o que você pedir, Branca de Neve? Vamos negociar. O importante é termos certas garantias.

— Quais?

— Bem, vou chamar os camaradas. Você vai entender tudo.

Fiquei feito barata tonta, indo e vindo, levando e trazendo recados dos menores infratores para as autoridades e vice-versa.

Eu estava esgotada. Todas as minhas forças, toda a minha vitalidade tinham ficado naquela tarefa aparentemente simples de levar e trazer mensagens. No entanto, a tensão, a violência oculta nas palavras, as energias opostas em confronto, tudo isso era eu que domava, amortecia e controlava. Uma falha minha poderia ser fatal. Eu queria descansar. Deitar, dormir, me esquecer de leis e autoridades, penas e delitos, presídios e infratores. Procurei Luciana e disse:

— Vamos embora, estou arrebentada.

Ela não teve tempo de responder, os jornalistas me cercaram e uma tempestade de perguntas desabou sobre mim. *Flashes*, gente falando ao mesmo tempo, luzes, correria, atropelo.

— Você é namorada dele?

— Não.

— Você é parente?

— Não.

— Amiga.

— Também não.

— Então por que ele queria você para intermediar?

— Não sei.

— E por que você aceitou?

— Porque todo cidadão livre tem uma dívida com os presidiários.

— Poderia explicar melhor essa ideia?

— Toda pessoa livre, de alguma forma, participa dos crimes que levam os infratores à cadeia. Assim, todos temos nossa parcela de culpa.

3. *A outra ficou*

Viajaríamos às dez da noite. Examinei tudo para me certificar de que não deixava nada. Fui à sala e disse a meu pai que precisava sair.

— Você não acha melhor telefonar para sua mãe, Sandra?

— Não. Me espere aqui, em uma hora estou de volta.

Demorei mais. Primeiro, passei no presídio. Fui recebida pelo diretor. Expliquei que estava de partida para Ribeirão e queria conversar com Jocão.

— Mas hoje não é um dia apropriado. Ainda há pouco estava todo aquele alvoroço.

— Doutor, eu precisava conversar. Se fosse ficar mais, esperaria, mas...

— E quando volta?

— Não volto mais.

— Ah, está de mudança — concluiu, abaixando os olhos. — Bem, você merece uma exceção. No caráter da mais pura excepcionalidade... — falou, depois de pensar um pouco.

Ao me ver, Jocão rasgou um sorriso enorme. Fiz um movimento para cercear a intimidade excessiva, mas ele me abraçou e me beijou as faces, falando:

— Branca de Neve, não acredito, você aqui de novo. E mais bonita que nunca.

Olhei para o chão, depois para ele e reparei sua roupa de algodão grosso e cru.

— Jocão, vim te trazer isto — disse, entregando os documentos de Sandra Beatriz Batista.

— Por quê?

— Estou devolvendo os documentos.

— Mas são seus!

— Não, não são meus. São de meu disfarce, dessa Sandra Beatriz Batista, que não existe, nem nunca existiu.

Ele argumentou que eu poderia me ver em maus lençóis, pois era menor.

— Não, não tem mais perigo.

Ele me olhou, examinou os documentos, fez ar de quem não sabia qual era a serventia deles.

— Guarde de lembrança, Jocão.

— Mas você ainda vem me visitar, não vem?

— Venho — menti.

Sentei-me na poltrona e falei à cabeleireira para passar a máquina dois de cima a baixo.

— Você vai ficar careca.

— Não tem importância. Quero me ver livre dos cabelos loiros, mais nada.

Meu pai quase não me reconheceu quando voltei.

— Magra desse jeito, com os cabelos quase raspados, parece um menino, Sandra.

— Me sinto melhor assim. Um dia, o cabelo cresce. Agora vamos, papai.

Fui buscar o saco de viagem. Meu pai e eu nos despedimos de dona Mirtes e chamamos um táxi. Então fui ao quarto. Abracei Luciana pela última vez. Choramos feito crianças, como se fôssemos amigas há muito e não há apenas quase dez dias.

Dali a pouco, meu pai e eu víamos a cidade passar pela janela do ônibus. Meus olhos se enchiam de lágrimas e meus lábios rasgavam um sorriso: nada mais seria como antes. Então, não me contive e soltei uma gargalhada. Meu pai perguntou o que estava acontecendo.

— Nada, não. Mais uma ideia maluca que me passou pela cabeça.

— Posso saber que ideia é essa?

— Claro. Quando chegarmos a Ribeirão, minha avó vai lhe dar uma surra de chinelo. Pelo menos, foi o que prometeu.

— Ah! — Ele exclamou, espantado.

— O pior é que minha mãe vai esquentar a minha, por que se o senhor soubesse o que fiz para vir buscá-lo aqui!

— É mesmo? Eu não tinha pensado nisso. Então você também fugiu de casa?

— Pois é, aprendi a lição de responsabilidade de meu pai.

Então, foi ele quem riu. Com gosto, mas sem muita força, ainda estava fraco e combalido. Mas riu, e tanto que, dali a pouco, passou as costas das mãos nos olhos, e eu compreendi que aquelas lágrimas e até aquela risada não eram apenas de alegria.

Parte III

A Realidade

A Reunião

Verás que todo es mentira

Quinze minutos antes do horário, lá estava eu. Um recepcionista muito gentil, tão logo me identifiquei, explicou:

— A reunião vai ser no quarto andar, na Diretoria de Projetos.

Sala ampla, mobiliada com simplicidade. Um homem de mais ou menos quarenta anos, elegante numa calça e numa camisa de linho, me recebeu.

— Muito prazer. Sou Nicolau, o Diretor de Projetos da Cinematográfica. Você, imagino, é a Sandra.

— Sim. Muito prazer.

— Fique à vontade. O resto da equipe já vem. Gostamos de seu roteiro, mas precisamos conversar sobre alguns pontos — disse, ajeitando a cadeira para eu me sentar. Não concluiu a gentileza, porque uma moça bem-vestida, de óculos, entrou. Ele me apresentou: — Esta é a Marília, nossa analista de roteiros. Sua conversa vai ser mais com ela.

Depois, chegaram doutor Pedro, o Marcos e a Denise.

— Como a parte de efeitos é minha, levanto a primeira questão — começou Marcos. — O tango. Ninguém mais conhece. Talvez nem as novas gerações argentinas. Não sei onde você foi buscar essas músicas.

— Bom, conheço esses tangos pelo meu pai, mais ou menos da maneira que está no roteiro.

Marcos ia falar alguma coisa, mas, desculpando-se, Marília o interrompeu, ansiosa:

— Perdão, não posso perder a deixa. Ela tocou no ponto que mais mexeu comigo. — E, se voltando para mim, falou, devagar, destacando as palavras: — Quer dizer que a Sandra personagem é você mesma? Essa história é autobiográfica?

— De certa forma, sim.

— Por que de certa forma?

— Porque eu a vivi intensamente.

— O roteiro é uma autobiografia disfarçada?

— Sim e não — respondi, embaraçada, tentando explicar essa contradição. — Digamos, uma parte vivi de verdade, outra vivi na imaginação.

— Bem, eu gostaria de saber o que você viveu efetivamente, Sandra — falou Marília.

— A história dos tangos e de meu pai bebendo cerveja.

— Seu pai era alcoólatra?

— Gostava de beber e bebia até se embriagar.

— Então era alcoólatra — diagnosticou doutor Pedro.

— É alcoólatra — corrigi. — Ele ainda vive, embora não beba.

— E sua mãe se separou por causa disso?

— Não, eles nunca se separaram. Brigavam por causa das bebedeiras de meu pai. Nisso, o roteiro é quase verídico. Ao descrevê-las, reconstruía de memória a minha infância.

— E o emprego? Seu pai perdeu por causa do alcoolismo?

— Não. Nunca ficou desempregado. Por um período, convivemos com essa ameaça. Meu pai passou nervoso, adoeceu, teve problemas de hipertensão e, nessa época, bebia demais. Minha mãe e ele brigaram muito, chegaram a falar em separação. No fim, para manter o emprego, meu pai aceitou uma forte redução salarial.

— Então, precisaram se mudar para um apartamento mais humilde?

— Não, nunca nos mudamos. Até hoje moramos na Quinta da Boa Vista. Minha mãe começou a trabalhar...

— Fale de seu irmão. Ele se chama Jorginho? E seu pai? Como é essa história dos nomes? — falou Denise.

— Meu irmão não se chama Jorginho, meu pai não se chama Jorge, minha mãe não se chama Marta.

— No entanto, você se chama Sandra.

— Sim, Sandra de Lima e Souza.

— Como a personagem. Por quê?

— Acho que não tenho direito de expor meus familiares. Quanto a mim...

Alguém bateu à porta. Era a copeira, com o café.

— Voltemos aos personagens — falou Denise. — Diga uma coisa, de onde surgiu a ideia do discurso do pai de Sandra?

— De meu pai. Naqueles dias em que andava nervoso, reclamava do governo e da política econômica. "Parece que os governantes querem nos transformar em baratas", falou, e eu nunca mais me esqueci.

Eles se entreolharam, alguns fizeram anotações e doutor Pedro quebrou o silêncio:

— Gostaria que me falasse de Jocão.

— Eu também. Acho um personagem pouco acabado, quase uma sombra — completou Marília.

— Aliás, esse é o defeito de Luciana também.

— Todos os personagens têm esse defeito. Na verdade, existem apenas como sombras do espírito de Sandra, que, por sua vez, também é uma sombra de meu espírito e não um personagem. Quando pensei nesse roteiro, queria dar como título um verso de Thomas Hardy, que estudei no curso de inglês: "*I have lived with Shades so long*" — Há tanto tenho vivido com fantasmas (ou sombras). Mas seria difícil trabalhar o poema. Então, optei pelos tangos.

— Deixando de lado os aspectos da construção dos personagens, o que representa o Jocão nessa história? Ele entra sem explicações e sai ainda mais inexplicavelmente. Por quê? — ponderou doutor Pedro.

— O Jocão surgiu espontaneamente. Quando me dei conta, ele, que não constava do quadro de personagens, estava em cena. Me espantei, mas, como todo fato consumado, o Jocão tinha de ser aceito. Talvez me repugnasse fazer Sandra cometer um crime, mesmo que pequeno. Alguém precisava fazer isso por ela e o Jocão apareceu.

— Interessante. No fim, quando, absurdamente, Sandra é levada a intermediar a rebelião, ela diz que quem está fora da cadeia é responsável pelos crimes cometidos pelos presidiários. De onde surgiu essa ideia? — perguntou doutor Pedro.

— Interessante e absurda. Aliás, a cena da rebelião é sem fundamento, sem vínculos com a realidade — completou Marília.

— Talvez a cena seja forçada, mas é necessária. Para sobreviver, Sandra participou de pequenos crimes. De certa forma, isso acontece em nossa vida diária, só que levamos outras pessoas a arcar com a parte odiosa dos crimes que sustentam e mantêm o equilíbrio social. Bem, aqui preciso esclarecer que essa ideia não é minha: é de meu pai.

— Ah, o crime seria o pecado original da sociedade desenvolvida — concluiu Marcos.

— Se assim lhe parece...

— Esse enredo deve muito a seu pai, não acha? — disse doutor Pedro.

— O senhor acha?

— Com certeza. Aliás, todo o encanto do roteiro está no jogo entre a imagem do pai e a da filha. Você disse que, de certa forma, viveu tudo isso em imaginação, não disse?

— Sim.

— Como foi essa vivência?

— Quando meu pai corria o risco de perder o emprego, apareceu uma chance de outro em Brasília. Fomos lá, conhecer a cidade e ver como era o serviço. Na antevéspera da viagem, meu pai bebeu muito. Houve uma cena com minha mãe, que ameaçou mandá-lo embora de casa. Foi muito marcante, nunca me esqueci dela, dedo em riste, falando para o meu pai, completamente bêbado: "Ponho você daqui pra fora. Quero te ver vivendo feito vira-lata pelas ruas". Então, na viagem para Brasília, meio dormindo, tive um devaneio, uma espécie de sonho, que foi de certa forma a segunda parte do roteiro de *É tudo mentira*.

— Quer dizer, você imaginou que sua mãe expulsou seu pai de casa e você saiu para salvá-lo. E salvou-o.

— Sim, foi mais ou menos isso.

— Freud chamou isso de *romance de origem*. Talvez estejamos diante de um estudo psicanalítico — falou doutor Pedro, que olhou para todos, depois pensou um pouco e concluiu: — Mas ainda fica obscura a história do Jocão.

Então, fechando os olhos, me lembrei de um fato de nossa viagem a Brasília. Meu pai estacionou e um flanelinha perguntou se podia guardar o automóvel. "Por favor", meu pai respondeu. Quando voltamos, ele pegou uma cédula de um real e entregou ao menino. Pôs o automóvel em movimento e disse, "esse é um dos crimes de que participamos, para manter nossa injusta sociedade. Agindo assim, ajudamos o governo a criar baratas e não cidadãos. Essas crianças deveriam estar na escola. E nós, ditos cidadãos responsáveis, coniventes, permitimos que lhes seja sonegada a educação para, no futuro, serem encaminhados aos presídios. Nós criamos o crime. Nós somos mais criminosos que os coitados que abarrotam nossas cadeias". Continuamos o trajeto em silêncio.

Abri os olhos, todos eles me olhavam com curiosidade, esperando que eu fizesse alguma revelação. Permaneci calada. Doutor Pedro insistiu na pergunta.

— Doutor, por mais que eu pense, não encontro explicação — menti, pensando que todo autor deve deixar pontos obscuros em sua obra.

— Sabe, como um primeiro roteiro de filme, acho bom. Acredito que devemos apostar nesse projeto. Porém, num próximo, Sandra, você deveria fazer algo mais claro e direto, menos complexo e sem tantos grilos. Algo que não fosse tudo mentira.

— Em arte, a verdade é uma grande mentira que explica e ilumina a realidade — respondi.

Minha frase causou efeito, eles se entreolharam, em silêncio. Então, Nicolau perguntou se mais alguém queria falar ou se podia dar a reunião por encerrada.

— Eu gostaria — falou Denise. — Duas coisas. A primeira, por que os patins? Você foi patinadora, Sandra?

— Não. Meu pai comprou um par de patins para mim e outro para meu irmão, como está no roteiro. Quando fui aprender, perdi o controle, caí e bati a cabeça num pilar. Nunca mais calcei patins na vida. Fazer de Sandra uma exímia patinadora foi uma vingança contra a minha inépcia para os esportes de uma forma geral.

— Sabe, se, em vez de roteiro de filme, *É tudo mentira* fosse um romance, ficaria perfeito!

Coleção Jabuti Vida

Editora Saraiva

É tudo mentira

FERNANDO VAZ

Apreciando a Leitura

Bate-papo inicial

O que é verdade, o que é mentira? Até onde a fronteira entre realidade e ficção é claramente perceptível? Questões como essas permeiam toda a narrativa deste livro, compondo o pano de fundo desta história, em que os problemas de uma adolescente e de seu pai alcoólatra se mesclam a reflexões sobre injustiças sociais, sobre a busca da felicidade e sobre o alcance de nossa responsabilidade individual. Vamos aprofundar um pouco mais a leitura feita?

■ Analisando o texto

1. Numa narrativa escrita, um narrador conta para o leitor determinados fatos que ocorreram num determinado tempo, num determinado lugar, com determinadas personagens.

a. Quando e onde se passam os fatos narrados nas duas primeiras partes do livro? E na terceira?

R.: ______________________________

____

____

____

b. O texto é narrado em primeira pessoa. Quem narra a história? Qual a vantagem da escolha desse ponto de vista?

R.: ______________________________

____

____

____

____

c. Muitos personagens participam da história narrada por Sandra. Identifique alguns deles a partir dos dados apresentados:

- desajeitado, gordinho, de fácil relacionamento com os colegas, pouco se envolvia com os problemas familiares.

R.: ______________________________

- baixa, magra, cabelos castanhos e lisos, amiga da filha, batalhadora e firme em suas decisões.

R.: ______________________________

- olhos pretos, cabelos lisos, rosto alto, testa larga, bonito, namorado de Sandra.

R.: ______________________________

- amiga e confidente de Sandra, fazia as vezes de pombo-correio.

R.: ______________________________

7. Explique o que significam as expressões destacadas:

a. "O que vai ganhar como professora **não faz nem fi nem fá**."

R.: ____

b. "[...] não faz sentido essa história de menino e menina, **lé com lé, cré com cré, faca sem ponta, galinha sem pé**."

R.: ____

____

c. "Ele está **tagarelando feito matraca**."

R.: ____

d. "***Carpe diem!***"

R.: ____

Avaliação pessoal

8. "Meu pai entregou uma cédula de um real ao flanelinha [...] e disse: 'Esse é um dos crimes de que participamos para manter esta injusta sociedade. Agindo assim, ajudamos o governo a criar baratas e não cidadãos'." Você concorda com a posição do personagem? Por quê?

Enriquecimento

9. O pai de Sandra era apaixonado por tangos. Procure algumas músicas desse gênero musical e apresente-as para sua classe.

10. A obra aborda um problema sério, que afeta tanto a vida da pessoa envolvida como a de seus familiares e a própria sociedade: o alcoolismo.

a. Faça uma pesquisa sobre o alcoolismo, as consequências do álcool para o indivíduo, a família e a sociedade, as possíveis soluções para o problema.

b. Divididos em grupos, organizem uma campanha publicitária alertando sobre os problemas do álcool e façam uma exposição em sua escola.

4. Coloque (V) para o que, segundo a narradora, aconteceu de verdade; (I) para o que, segundo ela, apenas aconteceu em sua imaginação e (R) para o que, ainda segundo a narradora, constitui uma recriação da realidade:

- o fato de seu pai gostar de tangos ( );
- a separação dos pais ( );
- o alcoolismo do pai ( );
- o desemprego do pai ( );
- a venda da casa e a mudança para um apartamento menor ( );
- discurso do pai ( );
- o fato de a mãe voltar a trabalhar ( );
- o personagem Jocão ( ).

5. Comente o título do livro.

R.: ______

Linguagem

6. Para melhor nos transmitir os sentimentos e reações das personagens, o autor utiliza muitas imagens. Reescreva os trechos abaixo, utilizando suas próprias palavras:

a. "[...] um choro profundo, mais velho que eu e que vinha do princípio dos tempos, baixinho e significativo, me invadiu."

R.: ______

b. "[...] e me senti sozinha. Não sem amiga, sem pai ou sem mãe, mas incomunicável, sobre uma bola que roda no infinito, em torno de si mesma e do Sol."

R.: ______

- alto, forte, moreno, olhar duro, foi criado num orfanato e acabou envolvendo-se com drogas.

R.: ____

d. Os fatos não são narrados em sua ordem cronológica, isto é, não seguem a ordem dos acontecimentos. Um exemplo disso são os fragmentos grafados com outro tipo de letra, que aparecem no início de cada capítulo das duas primeiras partes do livro. Explique a afirmação feita e dê mais um exemplo de quebra da sequência cronológica.

R.: ____

____

____

____

____

____

____

____

2. O livro é dividido em três partes. Diga em qual delas:

— a personagem principal rememora fatos de sua vida familiar.

R.: ____

— a personagem principal narra uma viagem em busca de seu pai desaparecido.

R.: ____

— a narradora encontra Jocão e Luciana, dois menores criados em orfanatos.

R.: ____

— a narradora se desnuda diante do leitor, apresentando-se como autora de um roteiro do qual fazem parte os personagens e fatos narrados.

R.: ____

3. Qual a origem das frases em espanhol que aparecem no início de cada capítulo?

R.: ____

■ Redigindo

11. O livro deixa em aberto o destino de Jocão. Dê continuidade à história dele.

12. Escreva um texto de opinião discutindo a seguinte afirmação: “Toda pessoa livre, de alguma maneira, participa dos crimes que levam os infratores à cadeia. Assim, todos temos nossa parcela de culpa”.

13. Aproveitando os tangos que os colegas trouxeram, escolham um que lhes tenha agradado e criem uma nova letra para ele. Depois, apresentem-no para a classe.

Escola: ____________________

Nome: ____________________

____

Ano: ____________ Número: ____________

Ao usar a palavra, consciente ou inconscientemente, exteriorizamos nosso universo interior. Poucas vezes temos oportunidade de pensar nisso, pois quase sempre falamos ou escrevemos sem prestar atenção na riqueza desse ato tão simples e exclusivamente humano. Porém, para aqueles que têm a palavra como instrumento de trabalho, sempre chega o momento de refletir sobre essa verdade elementar: o homem fala e escreve e, por isso, cria e recria o mundo e a si mesmo a todo instante. Quais os processos aí envolvidos?

Depois de ter escrito um roteiro cinematográfico, esse momento chegou para Sandra e, só então, ela compreendeu que tudo aquilo que parecia mentira pura não passava de uma forma de expressar a mais profunda e sólida verdade, que tudo aquilo que parecia sonho e delírio tinha vínculos fortes e vivos com a sua realidade interior e exterior. Por que teria Sandra se angustiado tanto com o desemprego e o alcoolismo que poderiam ter atingido seu pai? Ou com a desestruturação familiar que jamais aconteceu? Por que tamanha angústia com uma vida que apenas poderia ter sido? Aliás, se por uma fração de segundo, numa viagem a Brasília, ela experimentou tudo isso, não teria acontecido de fato isso tudo?

Foi para refletir sobre o processo criador e a necessidade humana de expressar-se que escrevi *É tudo mentira*.

A meu respeito, posso dizer que nasci há meio século em Santa Rita do Passa Quatro. Fiz grupo, ginásio e colegial em escolas públicas. Estudei na Faculdade de Direito da USP, fui funcionário público, depois bancário. Hoje, sou apenas escritor, vivo em Ribeirão Preto, com minha mulher e meus filhos.

Tenho oito livros publicados, entre eles *O ciclo da soja*, *Sabor de vitória*, *O estranho doutor Pimenta* e *Carrego no Peito*, editados pela Saraiva.

Sobre o ilustrador:

Rogério Borges é também escritor, programador visual, desenhista publicitário. Nos anos 1970, escreveu e ilustrou histórias para a revista *Recreio*. Tem trabalhos publicados na Europa, nos Estados Unidos e em países da América Latina. Premiado pela Associação de Críticos de Arte e pela Fundação Nacional do Livro Infantil e Juvenil.

COLEÇÃO JABUTI

Adeus, escola ▼◆▤☒
Amazônia
Anjos do mar
Aprendendo a viver ◆⌘■
Aqui dentro há um longe imenso
Artista na ponte num dia de chuva e neblina, O ✻★⌖
Aventura na França
Awankana ✎☆⌖
Baleias não dizem adeus ✻🕮⌖○
Bilhetinhos ✪
Blog da Marina, O ⌖✎
Boa de garfo e outros contos ◆✎⌘⌖
Bonequeiro de sucata, O
Borboletas na chuva
Botão grená, O ▼✎
Braçoabraço ▼⚐
Caderno de segredos ❑◎✎🕮⌖○
Carrego no peito
Carta do pirata francês, A ✎
Casa de Hans Kunst, A
Cavaleiro das palavras, O ★
Cérbero, o navio do inferno 🕮☑⌖
Charadas para qualquer Sherlock
Chico, Edu e o nono ano
Clube dos Leitores de Histórias Tristes ✎
Com o coração do outro lado do mundo ■
Conquista da vida, A
Da matéria dos sonhos 🕮☑⌖
De Paris, com amor ❑◎★🕮⌘☒⌖
De sonhar também se vive...
Debaixo da ingazeira da praça
Desafio nas missões
Desafios do rebelde, Os
Desprezados F. C.
Deusa da minha rua, A 🕮⌖○
Devezenquandário de Leila Rosa Canguçu ✈
Dúvidas, segredos e descobertas
É tudo mentira
Enigma dos chimpanzés, O
Enquanto meu amor não vem ●✎⌖
Escandaloso teatro das virtudes, O ✈☺
Espelho maldito ▼✎⌘
Estava nascendo o dia em que conheceriam o mar
Estranho doutor Pimenta, O
Face oculta, A
Fantasmas ⌖
Fantasmas da rua do Canto, Os ✎
Firme como boia ▼⌖○
Florestania ✎
Furo de reportagem ❑✪◎🕮⚐⌖
Futuro feito à mão
Goleiro Leleta, O ▲
Guerra das sabidas contra os atletas vagais, A ✎
Hipergame ✍🕮⌖
História de Lalo, A ⌘
Histórias do mundo que se foi ▲✎✪
Homem que não teimava, O ◎❑✪⚐○
Ilhados
Ingênuo? Nem tanto...
Jeitão da turma, O ✎○
Lelé da Cuca, detetive especial ☑✪
Leo na corda bamba
Lia e o sétimo ano ✎■
Luana Carranca
Machado e Juca †▼●☞☑⌖
Mágica para cegos
Mariana e o lobo Mall 🕮⌖
Márika e o oitavo ano ■
Marília, mar e ilha ▤✍✎
Matéria de delicadeza ✎☞⌖
Melhores dias virão
Memórias mal-assombradas de um fantasma canhoto
Menino e o mar, O ✎
Miguel e o sexto ano ✎
Miopia e outros contos insólitos
Mistério mora ao lado, O ▼✪
Mochila, A
Motorista que contava assustadoras histórias de amor, O ▼●▤⌖
Na mesma sintonia ⌖■
Na trilha do mamute ■✎☞⌖
Não se esqueçam da rosa ♠⌖
Nos passos da dança
Oh, Coração!
Passado nas mãos de Sandra, O ▼◎⌖○
Perseguição
Porta a porta ■▤❑◎✎⌘⌖
Porta do meu coração, A ◆⚐
Primeiro amor
Quero ser belo ☑
Redes solidárias ◎▲❑✎⚐⌖
Reportagem mortal
romeu@julieta.com.br ❑▤⌘⌖
Rua 46 †❑◎⌘⌖
Sabor de vitória ▤⌖○
Sambas dos corações partidos, Os
Savanas
Segredo de Estado ■☛
Sete casos do detetive Xulé ■
Só entre nós – Abelardo e Heloísa ▤■
Só não venha de calça branca
Sofia e outros contos ☺
Sol é testemunha, O
Sorveteria, A
Surpresas da vida
Táli ☺
Tanto faz
Tenemit, a flor de lótus
Tigre na caverna, O
Triângulo de fogo
Última flor de abril, A
Um anarquista no sótão
Um dia de matar! ●
Um e-mail em vermelho
Um sopro de esperança
Um trem para outro (?) mundo ✖
Uma trama perfeita
U'Yara, rainha amazona
Vampíria
Vida no escuro, A
Viva a poesia viva ●❑◎✎🕮⌖○
Viver melhor ❑◎⌖
Vô, cadê você?
Zero a zero

★ Prêmio Altamente Recomendável da FNLIJ
☆ Prêmio Jabuti
✻ Prêmio "João-de-Barro" (MG)
▲ Prêmio Adolfo Aizen - UBE
✍ Premiado na Bienal Nestlé de Literatura Brasileira
☛ Premiado na França e na Espanha
☺ Finalista do Prêmio Jabuti
✋ Recomendado pela FNLIJ
✖ Fundo Municipal de Educação - Petrópolis/RJ
✪ Fundação Luís Eduardo Magalhães
● CONAE-SP
⌖ Salão Capixaba-ES
▼ Secretaria Municipal de Educação (RJ)
■ Departamento de Bibliotecas Infantojuvenis da Secretaria Municipal da Cultura/SP
◆ Programa Uma Biblioteca em cada Município
❑ Programa Cantinho de Leitura (GO)
♠ Secretaria de Educação de MG/EJA - Ensino Fundamental
☞ Acervo Básico da FNLIJ
✈ Selecionado pela FNLIJ para a Feira de Bolonha
✎ Programa Nacional do Livro Didátic
🕮 Programa Bibliotecas Escolares (M
✍ Programa Nacional de Salas de Leit
▤ Programa Cantinho de Leitura (MG)
◎ Programa de Bibliotecas das Escolas Estaduais (GO)
† Programa Biblioteca do Ensino Médio (
⌘ Secretaria Municipal de Educação/SP
☒ Programa "Fome de Saber", da Faap (
⚐ Secretaria de Educação e Cultura da Ba
○ Secretaria de Educação e Cultura de Vit